品味中国最美诗词

阿青　编著

中国文史出版社

图书在版编目（CIP）数据

品味中国最奇诗词 / 阿青编著. —北京：中国文史出版社，2021. 5

ISBN 978-7-5205-2934-1

Ⅰ. ①品… Ⅱ. ①阿… Ⅲ. ①古典诗歌-诗歌评论-中国 Ⅳ. ①I207. 2

中国版本图书馆 CIP 数据核字(2021)第 075793 号

责任编辑：方云虎
封面设计：张　军

出版发行：**中国文史出版社**
社　　址：北京市海淀区西八里庄路 69 号　　邮编：100142
电　　话：010-81136630
传　　真：010-81136666
印　　装：廊坊市海涛印刷有限公司
经　　销：全国新华书店
开　　本：787 毫米×1092 毫米　1/16
印　　张：17. 25
字　　数：185 千字
版　　次：2022 年 1 月北京第 1 版
印　　次：2022 年 1 月第 1 次印刷
定　　价：78. 00 元

形趣诗：中国诗词的别样绽放

（代序）

说中国是一个诗的国度，绝不为过。古代中国就有崇诗之风尚，以能赋诗填词为雅。在漫长的历史岁月中，诗歌一直和中国人的日常生活、情感世界息息相关。灿若群星的诗人和民间作者创作了浩如烟海的诗歌作品，诗歌在中国堪称国粹。中国诗歌内容优美感人，体裁多样。诗经体、骚体、汉魏古诗、乐府、格律诗、杂体诗、白话自由诗和民歌等，它们既自成一体、各具特色，又相互交融、相互渗透，共同形成一道多姿多彩、美不胜收的“诗国”风景。“形趣诗”就是这众多诗体中的“另类”书写样式，也是最具视觉冲击力的诗歌奇葩。

什么叫“形趣诗”？

形趣，就是因形生趣；形趣诗便是指这类“因形生趣”的诗歌作品。“形”不单指文字排列方式，也包括各种技巧和手法。我们不能说形趣诗之外的其他诗歌在形式上毫无趣味，而是说这类诗歌更追求某种特殊的形式之趣。广义地说，传统的格律诗（词、曲）也是“形趣诗”。格律诗在形式方面是很严格的，比如七律，不但有字数限制，还要押韵、对仗、合平仄，并有起承转合的讲究。只是因为这些格律诗已经成为人们常用的主流形式，就独立成体了。更广义地看，自由诗也是讲究形趣的，比如朱湘《采莲曲》，其句式长短搭配都是别出心裁的；但自由诗的“形”具有可变性，不像格律诗和形趣诗有固定的名称和格式，比如“七律”“浪淘沙”，就不能改变它的格式，一旦改变，就不是“七律”“浪淘沙”了。就是说，形趣诗的“形”一旦创造出来就是相对稳定的，其诗体形式与类别名称是一致的，读者一看名称就知道其诗体样式。反过来看，形趣诗也是一种特殊的“格律诗”，它有不同于近体诗的格律。只是因为近体诗已把五绝、五律、七绝、七律统称为格律诗，为与之区分，我们就只好给这些另类“格律诗”另外命名了。

形趣诗，包括拆字诗、叠字诗、藏头诗、离合诗、连环诗、回文诗、神智诗、盘中诗、宝塔诗、柏梁诗、三艺诗等众多具体样式，且新形式层出不穷。

我们用“形趣诗”这个概念来统称上述诗体而区别于格律诗、自由诗等其他诗体，是因为它在形式上有自己的鲜明特征，而不是因为它注重形式之趣和形式之美，就不要思想内容不讲文学价值。一首优秀的形趣诗，应该说是内容与形式俱佳的。在这方面，前人是很在乎的。举个例子，乾隆在审阅《四库全书》之《回文类聚》文稿时，认为其中《咏古美人》一诗除写美人外在之美，并无于人有启迪的思想内容，就大笔一挥给删了。（其实，乾隆本人也写形趣诗。）这里，我们暂且不说《咏古美人》诗是否属于思想内容苍白之作，单就这一举动足以说明：前人在重艺术形式的同时，也重思想内容。形趣诗正是让我们从诱人的外在形式层面逐渐进入它深厚的思想内核层面。

在中国，形趣诗可谓源远流长，其产生可上溯到《诗经》时代，而井喷期在汉魏六朝，这与当时社会隐逸之风有关。六朝之后，延绵不断。古往今来，包括著名诗人、词人在内的众多文人墨客都参与了形趣诗的创作，屈原、孔融、顾恺之、陶渊明、谢灵运、鲍照、鲍泉、谢庄、沈约、庾信、萧溡、王绩、李白、杜甫、权德舆、王建、张籍、白居易、张南史、刘禹锡、姚合、王安石、苏轼、黄庭坚、秦观、乔吉、朱权、唐寅、徐渭、万树、张潮、吴绛雪、纳兰性德、方登峄、赵翼等都留下了不朽之作。其中屈原率先走出大雅歌唱诗经体，首创了独特有趣的骚体、天问体（问句诗）、九歌体（祭歌体）等新形式，可谓诗体创新的开山鼻祖。另一位特别重要的诗体创新者是苏轼，他进行了种种复杂的诗格创新，是形趣诗集大成者。除了诗人们创造了大量形趣诗之外，古典小说家、戏曲作家王实甫、施耐庵、吴承恩、冯梦龙、吴敬梓、曹雪芹、李汝珍、陆采、王有光、鲁迅等也常常将这种形趣诗用到小说、戏曲作品中，甚至帝王将相如刘彻、曹丕、萧绎、萧衍、李世民、武则天、李绅、康熙、乾隆、纪晓岚以及释僧、道士、隐者、仕女、民间艺人也参与进来。各路创作大军的不懈探索，是中国形趣诗内容丰富、形式多样、异彩纷呈的因由。

从总体上看，中国的形趣诗不但体裁种类要远远多于世界各国，而且发端也远远早于世界其他国家。欧美直到20世纪初才出现图像诗（又叫图画诗，形趣诗之一）。波兰籍法国著名诗人阿波利奈尔（1880—1919）于1918年出版了《图像诗》，这是西方第一部图像诗集；而我国早在汉代就出现了苏伯玉妻创作的诗画合一的《盘中诗》，比西方国家的图像诗至少要早1600年。美国立体未来主义诗人E. E. 肯明斯（1894—1962）在创作图像诗的同时还创作了拆句拆词的诗歌，类似于中国的拆字诗；而我国最早的拆字诗可追溯到东汉末年“千里草，何青青；十日卜，不得生”的童谣，比西方早1200年以上，唐代诗人白居易《游紫霄宫》已是具有极高艺术水平的文人拆字诗了，也比西方早上千年。

形趣诗凝聚了文人的聪明才智，吸取了民间文学的乳汁，是中国传统文化的瑰宝。说它是“瑰宝”，一是因为它珍贵，即具有极高的艺术价值；二是奇特，有出乎预料的与众不同；三是属于中国汉语文字独有的诗歌形式，其中一些体裁的作品，如联边诗、联珠诗、叠字诗、回文诗、圭影诗，是任何其他语种未曾产生也无法实现甚至无法翻译的（别说翻译和创作，要想读懂中国形趣诗，唯有学会汉语）；四是难度大，创作者须有很高的文学素养和创作天赋。如一首叠字回文诗，短短十个字，不仅本句要让人感受到妙趣的存在，由这十个字演化出来的一首七言诗也要具有完整的诗意诗境。“这首七言诗”，不是任由十个字组合出来的，作者在写每一个字的时候，都要考虑到它在七言诗每一行中所要表达的意思，一个字要兼顾到多个应用场景。即一定要考虑每一个汉字语符在不同的语境中可能或应当具有的意义。这如同弈棋，每走一子，都要考虑到下面几步可能遭遇的情况，须提前应对。但是，它与棋类游戏不同，弈棋只需抽象思维，它可以由计算机替代，而形趣诗还有贯穿全诗的思想、情绪和美感，这是无法用计算机替代的。每一首诗都是独一无二的，无法复制。譬如苏轼的《反复诗》和苏惠的织锦《璇玑图》诗，其艺术构思极其复杂，令人难以想象。《反复诗》只有 29 字，任取一字随意回旋，取其押韵，能得数十首诗（有人说已读出一百余首），每首都文采斑斓，精美绝伦，可谓妙手天成。《璇玑图诗》840 字，到清代就已读出 9858 首（据说最近有人通过计算机读出 2 万余首），神奇巧妙，堪称世界文学奇观。

形趣诗虽然早已登入文学殿堂，有些还被收入普通教科书，但鲜见有人从“形趣”的角度来赏析和解读，其“形趣”价值被忽视，尤其是以图形排列的形趣诗还从未被列入教科书。其实，“形”之“趣”是诗歌不可忽视的方面。曹丕有“夫文本同末异”之说，“本同末异”的意思是作者可以用不同的形式表达相同的思想内容。形趣诗是以更加有趣的形式承载作者的思想情感（包括对人生和社会的认知）、审美情趣。从这些形式奇异而有趣的诗词中，我们可以看到历代文人们在进行诗歌艺术探索中的奇思妙想、文体创新和思维嬗变的轨迹。因此，学习和研究这些形趣诗，既有利于理解古典文学经典和学习传统文化，也对当今诗歌创新以至文化创新颇具启迪意义。

由于形趣诗除思想内容外还具有极强的外在趣味性和形式上的游

戏化，这对少年儿童来说，无疑具有很大的诱惑力。一般来说，孩子是不愿意接受直接的思想教育和知识灌输的，如果我们能够选择内容健康、积极向上的形趣诗与孩子分享，不但能使他们在轻松快乐的氛围里得到潜移默化的艺术熏陶和创新思维的训练，还能让他们在读（写）形趣诗的过程中，丰富人文知识、悟出人生道理。一句话，形趣诗为青少年学习传统文化尤其是古典诗词打开了一扇有趣之门。

既然形趣诗有上述种种功能和价值，我们怎能不对其倍加珍视、深入探究？又怎能不认真学习、传承并在诗词创作中加以借鉴和发挥？

关于本书体例的几点说明

一、本书以“形趣诗”这一新概念归纳一类诗体，以区别于格律诗词。古代研究诗体的著作大都将这些诗作归类于杂体诗和回文诗。前者如宋代严羽的《沧浪诗话》。本书以为，“杂体诗”概念固然广泛，能够涵盖“形趣诗”，但“杂体诗”之“杂”未能表明诗体特征。后者即把“形趣诗”归于“回文诗”范围，始于宋代桑世昌的《回文类聚》，但该书中的一些体裁并不具有回文诗可“倒读”或“回读”的特点，却具“形趣”特点。本书所收诗体，有不少在“回文”之外，如藏头诗、叠字诗、联边诗、宝塔诗、神智诗等。可见，形趣诗不是“回文”二字可以完全涵盖的，相反，“形趣诗”的概念可以涵盖所有“回文诗”。今人也有把这类诗词称为“趣味诗”“异体诗”“怪体诗”的。本书以为，这些概念有可取之处，但似乎还不能完全彰显其主要特征，故不采用。

二、全书分“各体通说”和“诗例微评”两部分。“各体通说”即正文，是作者对体裁的分类介绍，其中列举和评析了大量诗例；对于一些有阅读价值的作品，或因篇幅过长，或因类似诗例较多，为不使“各体通说”部分的内容过于庞杂，则收入“诗例微评”（即“阿青微语”）。

三、形趣诗形式博杂，有数百种具体类别，本书只选择一些区别比较明显的诗体加以介绍。一些诗体（如算盘诗）作品甚少，且没有产生重大影响的作品（不像《天问》《璇玑图》之类），或者后世很少应用，便不专门介绍。

四、本书主旨在于论述文体特点，不是编纂“作品大全”或“作品精选”，故每种具体体裁只选用少量作品作为示例，难免有挂一漏万和遗珠之憾。

五、形趣诗与格律诗（诗、词、曲、联）及其他诗体常有交叉，本书所选诗例和对诗体的介绍尽量避免交叉重复论述。

六、形趣诗经历了一个漫长的嬗变过程。它孕育于《诗经》时代，《诗经》中不少篇章都可看作形趣诗的雏形，但总体上看，《诗经》中的作品大都为四言，与后世诗歌形式（包括大部分形趣诗）区别明显，学术界已将其列为一种独立诗体——“诗经体”，故本书不专门介绍。

七、《楚辞》中包含了三种文体：骚体、天问体、寓言体。骚体以屈原的《离骚》为代表，宋玉、贾谊、东方朔、庄忌、王褒、刘向、王逸等都留下了精彩之作，后世学者已视骚体为一种独立文体（诗格），也是“楚辞学”研究的重点，故本书不再论述；寓言体（屈原的《卜居》《渔夫》）实为大散文范畴，本书亦不论述；天问体（问句诗）始于屈原的《天问》，在《楚辞》中是唯一不同的一种形式，后世多有效仿并得以发展，但将其作为一种独立文体进行论述者甚少，故本书专节介绍。

八、本书未收入数字趣味诗和绕口令之类，不是因为它们没有任何价值，而是因为其主要功能在于学习数学或是训练口语能力。文学的价值和功能主要在反映社会生活、表达思想情感和审美意趣方面。数字趣味诗和绕口令当属有趣的韵文歌诀范畴，而不在形趣诗之列。

目　录

上编　各体通说

下编　诗例微评

上编 各体通说

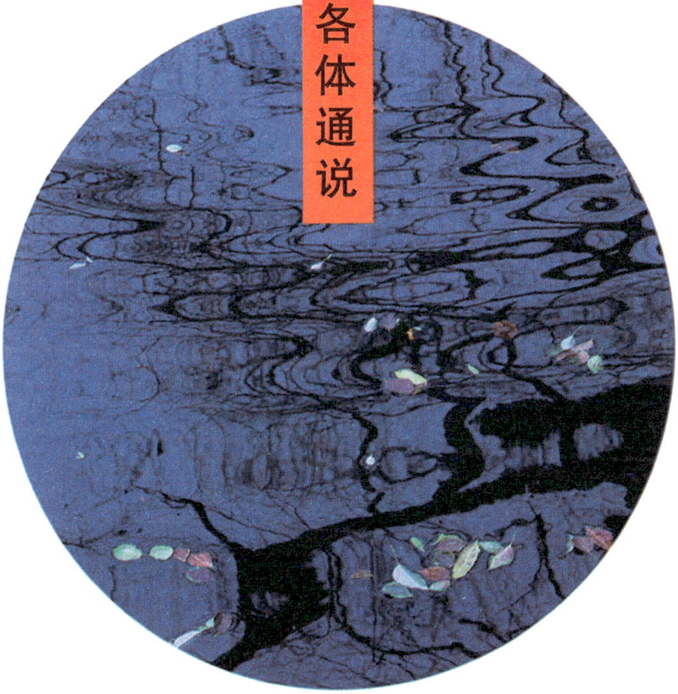

藏头诗：诗中有秘语

藏头诗这一概念，有几种不同的含义。其中两种分别把后面要讲的拆字诗、离合诗称为藏头诗。本书所说藏头诗，是专指以每句开头或末尾嵌入一个“诗外之意”字的诗。读者把全诗每句头一个字连起来读，便是一个意思完整的句子，即作者在诗意之外隐藏了一个“秘语”。比如人名、地名、事件名，或一句寄情言志的关键词。当然，很多广为流传的藏头诗，其价值绝不限于这个“秘语”。如果除“秘语”之外就了无诗意，那就无法隐藏作者的“秘语”，也就不能叫藏头诗了。

由于藏头诗具有“俗文化”的特性，似乎难登大雅之堂，鲜为正史和正集收录，从古至今，藏头诗多在民间流传，或散见于古典戏曲、小说。在明代小说家**施耐庵**（1296—1370）的《水浒传》中，梁山为了拉卢俊义入伙，“智多星”吴用和宋江便生出一段“吴用智赚玉麒麟”的故事来，利用卢俊义正为躲避“血光之灾”的惶恐心理，口占四句卦歌，并让他端书在自家的墙壁上：

芦花丛中一扁舟，
俊杰俄从此地游，
义士若能知此理，
反躬难逃可无忧。

“卦歌”源自古代的卦辞。卦辞是采用拆字、嵌字、谐音双关、文字变形组合排列等手法写成的一种韵文，测字师用其预测事态变化（实无科学依据）。这首“卦歌”，嵌字于每句句首，也就是藏头诗。诗的字面意思是：一只船停泊在芦花丛中，忽然有一位俊杰来到了这里，如果这位义士能知晓这船所暗示的“渡人”之法，斩了逆臣头便无后顾之忧。卢俊义明白其中含义后，想必惊出一身冷汗。你想这藏头诗每句首字连起来就是“卢俊义反”四字，虽为“藏头”，但被作为歌谣广为传播后岂有官府不知的？如此一来，原本“藏头”的暗语就变成了“露头”的明语，此诗也便成了官府治罪的证据，终于把卢俊义“逼”上了梁山。

庐剧《无双缘》中，也有一首藏头诗：

早妆未罢暗凝眉，
迎户愁看紫燕飞。
无力回天春已老，
双栖画栋不如归。

诗中暗藏“早迎无双”四字，无双（合肥知县刘震之女）用以表明自己思念表兄王仙客的心情以及迫切希望他不要灰心早日来迎娶自己之愿望。

以上是小说、戏剧中的藏头诗，比较通俗易懂，可增添作品趣味，但其诗义往往受限于小说、戏剧情节，一般不便移用。而独立成章的藏头诗，其内涵更具普适性，常被广泛引用。比如，明朝大学问家**徐渭**（1521—1593）面对平湖秋月胜景，即兴写下了七绝一首：

平湖一色万顷秋，
湖光渺渺水长流。
秋月圆圆世间少，
月好四时最宜秋。

[清] 董邦达　《西湖八景·平湖秋月》

平湖秋月，是西湖十景之一。南宋时，被列为西湖十景之三，元代又称之为“西湖夜月”而列入钱塘十景。秋月之下，平湖浩渺，多么壮观的气象！而一潭平静的湖水映照着的圆圆秋月，又是美得世间少见！诗中月色与湖光两相辉映，因此留下传世名句：“一色湖光万顷秋。”不仅如此，诗的句首还藏有“平湖秋月”四字，每句第二个字连起来又是“湖光月好”，既藏头，又藏颈，首创藏头诗中的“双藏诗”。好一首妙趣无穷的《平湖秋月》！

藏头诗有很多变体，如藏尾诗、首尾双藏诗、纵横双藏诗、七律藏头诗等。如当今由何润东和董洁主演的电视剧《梁山伯与祝英台》中祝英台写给梁山伯的那首告诉他自己是女儿身的诗：

吾宜速归宿
乃尔连理枝
红室双烛照
妆家伴随之

这首诗把每句开头一个字连起往下读是“吾乃红妆”，把每句末尾一字连起来是“宿枝照之”。其中，“照之”是梁山伯的字。祝英台通过“藏头藏尾”的形式把自己是女儿身以及对梁山伯终生相守、至死不渝的情感都表达出来了。

藏头诗虽未像格律诗那么被普遍采用，但也从未中断。当今有人用1000余首藏头诗评点了1000余名古今中外的名人。有脑洞大开者，还把藏头诗商业化了。据报道，有人用名字给人作藏头诗，收入不菲。

首尾同句诗：两种境界巧切换

一首诗的首句与尾句是完全相同的一个句子，恐怕很多人从未见过，甚至从未想过。因为古人写诗是要尽量避免重复用字用词的，更不用说重复用句了。然而，北宋学者、诗人邵雍却反其道而行之，首创了一种首尾同句诗。他创作了136首首尾同句诗，因题为《首尾吟》，所以，古人把这种首尾同句诗叫“首尾吟”。

让我们来分享邵雍《首尾吟》中一首吧：

尧夫非是爱吟诗，诗是尧夫春出时。
一点两点小雨过，三声五声流莺啼。
杯深似锦花间醉，车稳如茵草上归。
更在太平无事日，尧夫非是爱吟诗。

注意：“尧夫”是邵雍的字。诗的大意是：并非我尧夫喜欢吟诗，而是因为美丽的春光来到了眼前。你看偶尔飘来些小雨，传过几声清脆的莺语，时而醉卧于繁花似锦处，时而驱车于绿草如茵的野地，而又是如此安然无事，此刻我尧夫吟上几句诗其实也算不上啥爱吟诗呢！

此诗首尾句虽然完全相同，但没有重复感，尾句明显深化了首句的意涵。

在诗体上，邵雍的《首尾吟》具有开创性意义，此后出现了大量首尾同句诗，如宋代杨公远的《次黄山中首尾吟》《七言律诗》、方岳的《次韵探梅首尾吟》、明代陈舜道的《春日田园杂兴十首》等众多作品。但影响最大、把这一形式推向更高层次的是苏轼的《观潮》。如果说，邵雍等宋代诗人的《首尾吟》因受那个时期整体诗风影响，首尾句为“议论入诗”，而苏轼的《观潮》首尾句则完全是“具象化”的，通过中间两句而达到“意象化”了。此诗其实也是一首七绝：

庐山烟雨浙江潮，未到千般恨不消。
到得还来别无事，庐山烟雨浙江潮。

这是苏轼临终之时写给小儿子的一道手书。苏轼宦海沉浮一生，参透了世事与人生。他在生命的钟表即将停摆时，听说小儿子苏过将就任中山府通判，便写下了此诗。诗的大意是：庐山烟雨和浙江钱塘的潮，很多人未能亲临现场一睹那壮观景象，感到万分惋惜；可真正到达那两个地方欣赏到景致后，又若无其事了，觉得那也就只是庐山的烟雨和浙江钱塘的潮而已。

单从字面上理解，这首诗只是说了人们对某类负有盛名的事物在接触之前和接触之后两种不同心境。这样理解没有错，但是有些简单了。其实，诗中隐含了一个颇具启示意义的哲理：你在追求自己朝思暮想的目标时，很容易超出现实，把它想得过于美好；可是当你真正达到目标时，你又会觉得不过如此，并没有之前想象得那么美好。所以，一个人在人生道路上一定要保持平常心，否则就会失望。

有人说，这首诗化用了前人的一道偈子。所谓偈子，指的是源自《五灯会元》所载青原惟信禅师的一段著名语录，说的是禅悟的三个阶段，也即入禅的三重境界：先是“见山是山，见水是水”；再是

“见山不是山，见水不是水”；最后是“见山还是山，见水还是水”。意思是说，开始你什么都看不懂，只知道那是山水；随着你的阅历增长你会发现山水并非我们表面看到的那样简单，它有更多我们平常没有看到的隐秘和神奇的东西；当你到达最高境界时，你又会发现这些都不过如此，没有什么神秘的。苏轼此诗，确实含有这一偈子的意义。

然而，这首诗绝对不只是一段偈子，它除了禅意还有诗的特有韵味。即它不是抽象叙述一段哲理，而是借助“庐山烟雨”和“浙江潮”两个壮阔的意象来表达，而且还融入了诗人个人情绪。这些都是那段偈子所没有的。

巧妙的是，它用完全相同的一个句子分别置于诗的首尾，却产生了完全不同的两种境界。这是需要“切换”技巧的。那么，苏公到底是怎么切换的呢？我们再回过头来看看它的逻辑结构：

首句和第二句跟平常七绝没有区别，二者是一种顺延的关系，对人人想一睹为快的风景产生“恨不消”的心情，合情合理。这在写法上属于按常理“出牌”。第三句起，在逻辑上属于“逆向”思路，不说见到此景心情如何激动，而写“别无事”，后一句“庐山烟雨浙江潮”则是“别无事”的具象化，从而达到意象升华的目的。而这看来“逆向”或“反常”的表达，却又那么符合人们认识事物的心理变化规律。可见，诗中前后两种境界切换时，是通过逻辑上的转折达成的。

在精神内涵上，吃透了此诗很容易使人产生一种世事淡泊的从容心态：宠辱不惊，看庭前花开花落；去留无意，望天上云卷云舒。

大诗人苏轼临终绝笔，还如此富有创意，不能不令人叹服！

苏轼之后写这类诗的人不少。尤其值得一提的是明代诗人李江。他一口气写了 90 首。

李江(生卒不详)，开平（今属广东江门）人。明孝宗弘治五年时中举。曾任广西梧州推官，因文章得罪朝廷，罢官归乡。著有

《亦山先生遗稿》四卷。他的许多诗都带有悲切哀怨之声。他以《月哀》《山哀》《木哀》《水哀》《花哀》《麟哀》《凤哀》《东王公哀》《西王母哀》为题，各题写了10首，都是七律，也都是首尾同句体。且读下面这首《月哀十首·其一》：

嫦娥殿冷锁黄昏，古木悲听声断猿。
三十一年天外别，八千余路梦中魂。
蟾宫阙在清虚府，连理枝生丽水村。
帘捲窗前空自洎，嫦娥殿冷锁黄昏。

诗人遥望孤冷的月宫，感到远处的萧萧古木都在静听猿声的哀鸣，想起三十一年来与朝廷天各一方，只有梦里还能回到八千里之遥的京都，一觉醒来，什么天上的广寒宫、地上的连理枝都是那般虚空邈远，此时孤独地站在这窗前只有空自淌泪，此身与嫦娥被锁于清冷的月宫又有何异！此诗表达了诗人官场失意的落魄心态，虽有几分消极，却又是那个时代文人的真实写照。

首句“嫦娥殿冷锁黄昏”是诗的起兴，也是整首诗的背景。这是天上的虚境。中间几句既写梦、写广寒宫，又写自己被撇在“天外”的遭遇，虚虚实实，实实虚虚，尤其是第七句完全回到了人境，结尾再用“嫦娥殿冷锁黄昏”之句，虽然仍有句首的含义，但绝不只是对月宫嫦娥的同情了，还有对自身命运的感叹：自己不就是那清冷月宫的嫦娥吗？这无疑是以嫦娥自喻。所以，此时的“嫦娥殿冷锁黄昏”不只是天上的虚境，还有人间的实境。在这里，首尾重复用句，是将一种单一的虚境切换到一种虚实相生的双重之境；从诗的意蕴讲，就是升华了，是加强版。“嫦娥殿冷锁黄昏”本来就是意象化的诗句，加上中间部分悲情抒写，到结尾处重现时，就更具伤感色彩了。用当今诗坛的话来说，这是一首有“痛感”的诗。

如果说邵雍的“尧夫非是爱吟诗”和苏东坡的“庐山烟雨浙江

潮”单独拿出来看，还不是诗句的话，那么李江的“嫦娥殿冷锁黄昏”一句单看就是诗句了。句中使用“冷”这个有温度的字造成了通感，“锁”字更是把月宫人间化，同时把嫦娥人格化，而且带有浓郁的感情色彩。这说明诗人李江尤其注重对首尾关键句的提炼。这也是值得后人承继的。

无论是苏轼的《观潮》，还是李江的《月哀》，首尾同句都营造了两种境界，但在境界的切换上有所不同，前者是转折式切换，后者是渐进式切换。

理解首尾同句诗须注意其意境的切换，而创作这种诗更须探索和创新意境切换技巧，否则，那个首尾相同的句子就真的变成了一个简单重复的赘句了。

独木桥诗：险窄之处别有风景

看到“独木桥”三字，也许你会以为它是今人标新立异，其实，古已有之。

独木桥诗，又叫“福唐独木桥体”，最早见于北宋。**黄庭坚**（1045—1105）的《阮郎归》自注“效福唐独木桥体作茶词”。这里，一个“效”字，说明在黄庭坚之前就有了这种诗体。《阮郎归》的所有偶句末尾都用一个“山”字，以通常诗歌押韵视角看，就是不押韵。要说“押韵”，也属于险窄之韵。平常说的押韵是用“韵同声不同”的多个字造成“韵脚”。古人认为用同一个字作“韵脚”，是十分单调狭窄的险韵，如同走独木桥。至于为何要在前面加上“福唐”二字，至今不明就里。有人说，古代福州市有“福唐”这个地名，且有不少诗歌写到“福唐”，可能是“独木桥体”冠以“福唐”的缘故。可至今没有看到哪一首写福唐的诗歌用同一个字做“韵脚”的。所以，这种说法权且当作一种猜想。

每句末都用一个相同字作“韵脚”的独木桥诗，又叫同尾诗或独韵诗。与此相对的是“同头诗”。自古以来“同头诗”被当作一种独立的诗体运用和研究。其实，同头与同尾，对于诗词韵律而言，同样造成“险韵”。虽然狭义的“韵”是指句末使用韵母相同的字，但从广义角度来看，诗词的“韵”也应包括句首和句中的每一个字，所以，古典诗词就尽量避免在一首诗中使用相同的字词，使韵律错落有致、丰富有变。而在每句同一位置（或句首、或句中、或句尾）使用同一个字，都会造成“独木桥”式的险窄之韵。问题是，很多诗人偏偏要剑走偏锋，创作同头、同尾、同中（同腰）的诗，甚至常常把这三种或其中两种同时加以运用。所以，本书便把这些同头、同尾、同中（同腰）的诗词曲都归于“独木桥体”。这样，更能让读者明了它们之间的相互联系。

黄庭坚《阮郎归》属于同尾独木桥体：

烹茶留客驻金鞍，月斜窗外山。
别郎容易见郎难，有人思远山。
归去后，忆前欢，画屏金博山。
一杯春露莫留残，与郎扶玉山。

这首词是黄庭坚十首咏茶词之一。它以一位女子的口吻，叙说其因茶缘而成就了一段耐人回味的情缘。大意是：我从黄昏开始，精心地烹茶，款待眼前这位驻马投宿的英俊男儿，直到山尖露出一弯清丽的斜月，两人是多么情投意合！可美好时光易逝，终究到了分手时刻，我对他说“我俩分别容易见面难啊，因为你还在牵挂着远方的那座山呢”。现在心上人早已离去，只剩下我孤寂之身来回忆那短暂的快乐，想象着当时那画屏掩映、博山销香、两情相悦的缠绵情景。记得那时我还对他说“你别辜负了这一杯初春的新茶，一饮须尽，切莫残留，我是用这等好茶帮你这美男儿醒酒呢”，我一边说一边搀扶着那健壮的身子，生怕他跌倒，唉……——文笔到此，一位神清惝恍、心境迷离的痴情女子已立在我们眼前，那种短暂的美好，令人唏嘘惋惜。这是借茶写情的绝妙之作！

与其他茶词不同的是，它是借茶为线索来叙述一段爱情故事，情是词的主要内容，茶只是陪衬和寄托。作者在极短的篇幅内，几乎完整地叙述了男女主人公相遇、相恋、离别和相思的过程，中间还贯穿“茶”“山”两个线索，手法极其高明，颇有乐府叙事诗的风味。全词又能切合独木桥体的特征，以一“山”字作为韵脚，同时也作为线索，贯穿始终。

与此词不同，南宋诗人**辛弃疾**(1140—1207）的《水龙吟》则是在已有韵脚的基础上加一个“些”字，形成“长尾韵”，也就是长韵诗（词)。它借鉴了《楚辞》“招魂体”的手法，既是同尾独木桥体诗，也是一首长韵词。

> 听兮清佩琼瑶**些**！明兮镜秋毫**些**！君无去**此**，流昏涨腻，生蓬蒿**些**！虎豹甘人，渴而饮汝，宁猿猱**些**！大而流江海，覆舟如芥，君无助，狂涛**些**！
>
> 路险兮山高**些**！愧于独处无聊**些**！冬槽春盎，归来为我，制松醪**些**！其外芬芳，团龙片凤，煮云膏**些**！古人兮既往，嗟予之乐，乐箪瓢**些**！

如此同字作韵，不添累赘感，反而有“些”趣。

同头独木桥体诗，跟复字诗看上去颇为相似，却有所不同。复字诗虽然也可以在句首用复字，但未必都冠于句首，句中也多用复字；同头独木桥体恰恰相反，句句首字必相同，句中字与句首不同。如唐朝诗僧**皎然**(生卒不详）的五言《春诗》：

> 春日绣衣轻，春台别有情。
> 春烟间草色，春鸟隔花声。
> 春树乱无次，春山遥得名。
> 春风正飘荡，春瓮莫须倾。

同头独木桥体也有七言诗，如吴承恩《西游记》第八回中就有三首，每首句首分别冠以“福”“禄”“寿”。

［明］石涛《溪桥策杖图》

除同头独木桥体、同尾独木桥体之外，还有一种混合独木桥体，如清代诗人**易顺鼎**(1858—1920）的《天童山中月夜独坐》：

此时闻松声，
此时闻钟声，
此时闻涧声，
此时闻虫声。

这首独木桥诗，既同头，又同尾，也同腰，还有人把它当作排比诗。其实，它是一种混合体。诗以松声、钟声、涧声、虫声衬托天童山幽静的环境和诗人悠闲空寂的心境。全诗 20 个字只有 4 个字不重复，看似简单重复，用韵狭窄，却又别有一番韵味。

同组诗：文字难咬，诗味不减

讲同纽诗，要从同纽字说起。古人把同一声母的字，叫作同纽字。如“古”“公”“改”同属“见”纽，“苦”“口”“康”同属“溪”纽。接下来我们要介绍的同纽诗，也就是各句都采用声母相同的字。声母相同的句子读起来必定拗口绕舌，所以，同纽诗又叫拗口诗或绕口诗。又因为“同纽”，必须有两个以上的字是声母相同的，所以，同纽诗也叫双声诗。由于古今音韵有差别，所以，古代诗歌中的“同纽”（“双声”）与今天的普通话发音也不尽相同。

同纽诗最早的代表性作品当数南齐文学家王融（466—493）的《双声诗》：

园蘅眩红蘤，湖荇燡黄华。
回鹤横淮翰，远越合云霞。

“双声”即“同声”。此诗命名为“双声”，可见诗人的文体创新意识之强——有意让人注意其形式的与众不同。

“园蘅眩红蘤，湖荇燡黄华”：写花卉开得繁盛。园子里的杜蘅绽放着令人眼花缭乱的红花，湖中荇菜的黄色花朵在闪闪发光。这两句呈现出大自然的一派生机。（注：“蘤”，即花字的古体）

“回鹤横淮翰，远越合云霞”：写白鹤的自由翱翔。在天空中盘旋飞翔的白鹤，横过辽阔的淮河平原，越飞越远，越飞越高，和云霞融合在一起。这两句流露了诗人对自由生活的向往之情。

稍后，有南梁“宫体诗”代表人物之一的**庾信**（513—581）的《示封中录》：

贵馆居金谷，关扃隔稿街。
冀君见果顾，郊间光景佳。

今天，我们用普通话的拼音字母来标注上面两首五言诗，发现其每句并非全是同一个声母，如有些字的声母念 g，有些字的声母念 j，但在南北朝时期，那些 j 声字也是念 g 声的。

用“同声格”来写诗，不但拗口难念，而且局限了选字组词的范围，给意境营造增加了难度。但是，自古以来诗人往往就是喜欢迎难而上，他们偏偏要在这种语言束缚之下进行创作，似乎唯有如此才过瘾。事实上，同纽诗也不乏流传千古的精彩之作。且读唐代**姚合**的《蒲萄架》：

萄藤洞庭头，引叶漾盈摇。
皎洁钩高挂，玲珑影落寮。
阴烟压幽屋，濛密梦冥苗。
清秋青且翠，冬到冻都凋。

这首同纽诗与前面两首有所不同：不是一声到底，而是一句一声母。这说明古代诗人在诗歌形式上既追求某种固定的格式，也不是一成不变的。此诗取材于屋旁的一架葡萄，春夏秋冬一路写来，景象变化有致，细节描绘细致入微，如写春天藤叶初发之时，其嫩绿的芽叶“漾盈摇”（这个动词最妙，把藤叶之绿写得灵动诱人）；随之“皎洁”的藤须“高挂”架上，阳光下树影斑驳，风动藤架，玲珑别致；以后枝叶越发稠密，浓荫匝地，把这原本幽静的屋子遮挡得更加幽暗迷蒙；

清秋时节，葡萄叶变成深蓝与翠绿的色彩；可惜这般丰茂的景象到寒冬时节，还是凋零了。这一架葡萄藤在作者笔下完成了一个生命季的轮回，给了人们太多美趣，其“凋”之后令人怀想。诗句虽然较绕口，读后还是有散不开的浓浓诗味，足以让人反复咀嚼。

［清］慈禧《葡萄图》

作者有意追求的艺术效果并未因绕口的词句受到影响。（诗中的“洞”古音读如“同”）

姚合之后，许多诗人、词曲家，如唐代**温庭筠**、**陆龟蒙**、**皮日休**，宋代**苏东坡**（见附录）、**陆游**，元代**乔吉**，明代**陈子文**（奕禧）、**文太青**（文翔凤），清代**纪晓岚**等，留下了大量同纽诗佳作。

【附带讨论】绕口令、口吃诗

前面提到同纽诗很绕口，故又称绕口诗，这又会使人想到绕口令。的确，绕口诗与绕口令有相同的地方，那就是绕口，但是二者还是有明显区别。

下面是一首广为流传的绕口令《兵》：

八百标兵奔北坡，炮兵并排北边跑，
炮兵怕把标兵碰，标兵怕碰炮兵炮。

这首绕口令的声母全是b，从读音上讲，它与上面介绍的几首同纽诗一样，都是用“同声”手法造成拗口的效果，但它不能列入同纽诗的范畴，就连一般诗歌都算不上，其关键性原因是：它没有诗性语言。“诗到语言止”，有无诗性语言是诗与非诗的区别所在。诗性语言是含蓄委婉、意象丰富、情趣盎然、能够触发联想的语言，而这首绕口令的语言不具备这些特征。所以，绕口令的作用主要是锻炼唇力，而不是审美和寄寓情感。

由于拗口，读起来吃力，有人又把同纽诗叫作“口吃诗”“结巴诗”。这种叫法，其实是不恰当的。让我们先看一首真正的“口吃诗”——韩国诗人李昇夏的《和画家蒙克一起》，再来说为什么不能把同纽诗叫作“口吃诗”。

哪，从哪里传来哭，哭声
受，受，受不住的我，我

那哭声让我想吐，吐
要，要断，不，不断地
传，传过来
伸，伸着双手就像站，站在靶子上的
那种不，不安的样子
呜呜，那羞耻的
样，样子吓，吓坏我了
想，想跑

同，同化，啊不，童，童话的世界里
那家伙的那个哭，哭声
世，世纪末的背后没，没完没了的杀戮剧
脚，脚像灌了铅
让，让我自首？凭啥

鸡，鸡皮起了一身，空荡，荡的城市
不对，笑，笑声终于
终于疯，疯了也不一定
呜呜 木乃伊，空荡，荡的世界
我不，不，不承认

李昇夏的这首《和画家蒙克一起》，写于 1983 年。

“那时大学里有军训课。能获得此科目的学分可以缩短服兵役时间。一年级时加入军队文武队集中接受军事训练，二年级时到最前线与现役士兵进行警戒放哨并行军训练。在文武队接受魔鬼训练期间，正好光州发生了民主化运动。”

（李昇夏语）

作者针对当局压制民主化运动的情形，借当时军训时一位教官说话“打结巴”的口吻创作了这样一首颇具讽刺意味的实验诗，竟然被韩国《中央日报》采纳并获新春文艺奖。2020 年被翻译成中文刊登于我国的《诗刊》第五期上。

把这首“口吃诗”（或叫“结巴诗”）与我们古人创造的同组诗对比一下，不难明白：同组诗是诗歌本身的语言拗口难读，而口吃诗不是。它是模仿现实生活中口吃者的语气所写。同组诗作为一种艺术形式，兼具绕口令锻炼唇力的功能，“口吃诗”不但不具有这样的功能，也无法成为一种固定的形式。

从社会伦理讲，文学不应该以嘲讽的用意让口吃现象入诗。因为口吃只是人的生理缺陷或心理障碍，不是人品问题，不应遭到讽刺。所以说，我们不能把同组诗这一拗口的艺术形式叫作“口吃诗”，更不能另创一种“口吃诗”。

韩国诗人李昇夏的《和画家蒙克一起》只是一首试验诗，应当到此为止。

联边诗：半字同文，表里相济

联边诗，也叫同旁诗，是指用偏旁部首相同的汉字联缀成章，使句中诸字具有特别整齐的形式美。所谓联边，语本刘勰《文心雕龙·练字》："半字同文者也。"同偏旁的字构成联边，是汉字特有的修辞方式。每个字使用相同偏旁还得顾及语句的畅达，内容具有诗意，达到表里相济的效果，其写作难度之大可以想见。因此，有人说写这种诗，就是"高度秀文采"。其实，应该说，它是在内容之外，还给人以整饬有致的形式美。句意之外，别有情趣。

现今保存最早的联边诗当属南朝的诗人**沈炯**《和蔡黄门口字咏绝句》：

嚚嚚宫阁路，靁靁谷口闾。
谁知名器品，语哩各崎岖。

沈炯（503—561），南朝吴兴武康人，梁时为尚书左户侍郎、吴令。陈文帝时因立战功，官加明威将军。他的这首诗是在嘲讽衮衮诸公的昏庸无能：一个个高官显爵，据要路津，以"名器"自诩，谁知说起话来，却满口佶屈，不知所云。诗中 4 句 20 字，若用繁体字书写，竟含有 41 个口字，字字都有口字，表里相济，形象地衬托出尸位素餐者“浑身是口说不清”的尊容。这样的讽刺实在辛辣而幽默。

这是通篇使用一个偏旁的例子。有的联边诗是每句使用不同的偏旁。例如，宋朝著名书法家、诗人**黄庭坚**的《冲雨向万载道中得逍遥观托宿遂戏题》，八句诗分别使用了八个偏旁：

逍遥近道边，憩息慰惫懑。
晴晖时晦明，谚语谐说论。
草菜荒蒙茏，室屋壅尘坌。
僮仆侍伶侧，泾渭清浊混。

标题称“戏题”，但并不是戏作，而是以诙谐之笔讽喻世道的怪异与混乱不堪。你看：有人悠闲自在、颇有雅兴地在路边欣赏风景，有人则以短暂的休憩消除身体疲劳、排遣心中愤懑；老天时明时晦地变着脸色，人们用难以听懂的低俗俚语高谈严肃的政事；地里杂草与蔬菜混成一片，屋子里尘灰堆积得很厚；底层伶工（普通艺人）清高地让童仆在一旁侍候着，贤愚如同清流与浊水混入一处……这些都是多么不着调的景象啊！

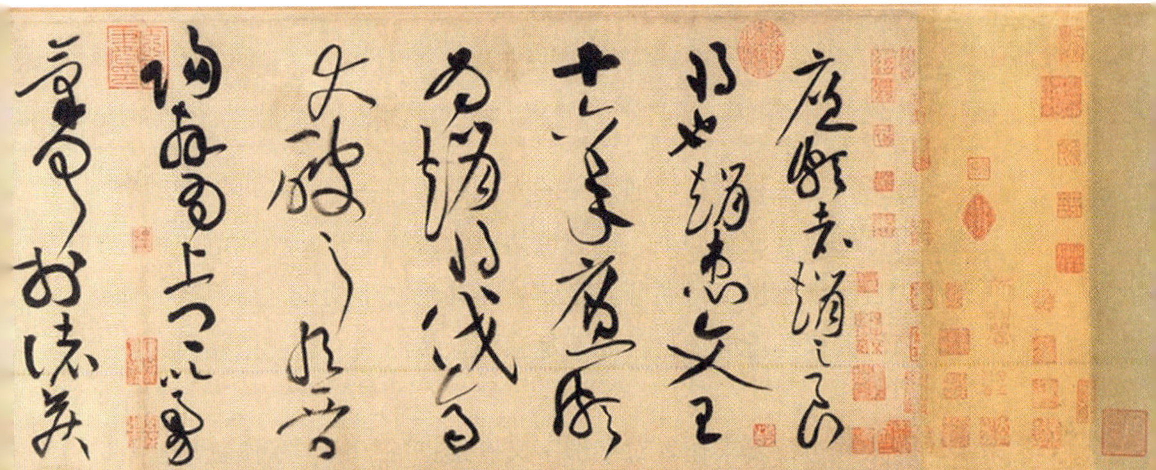

［宋］黄庭坚书《廉颇蔺相如传》（局部）

此诗之妙在于：每句所采用的偏旁和所表达的内容相契合。首句写行路，字皆从走之；次句写情绪，皆从心；三句写天气，故从日；四句写言谈，字皆从言；五句写荒草，字从草头；六句写底层人的蜗居，字皆土底；七句写近身仆僮，字皆从立人；末句写贤愚混杂如泥沙，故字皆从水。句意与字旁搭配甚是巧妙。

联边诗有时也以图形状排列，如清代诗人**张潮**（1650—1709）的《同心言》就是排成圆形的，每个字都共用圆圈中央的“心”，即圆圈上每一个字所用偏旁为“心”：

此诗从“亡秋”起，读为五绝：

忘愁惩忿怒，感德愈慈悲；
悬想愚忠态，惭凭恶患思。

此诗写了一种颇具启迪意义的人生感悟：一个人一旦不把周遭事物对自己的危害放在心上，愤懑情绪就会被压下来；经常记住别人的恩德，自己就越发变得慈悲起来；处在冥想之中的人，自然有一种憨厚诚恳的模样；能够为自己的不足感到惭愧的人，总会把社会的忧患放在心上。

因为联边诗要求作者对字形字义有透彻的了解，写作较难，所以黄庭坚之后，写作者甚少，清朝以后几近绝迹。但在当今网络世界里，联边诗又呈现出做多的势头，有些作品十分出色。请读乌鲁木齐已故诗人刘铁（网名“月光流星雨”）的《题景》：

铁锁镇铜钟，潇湘酒洌浓。
晚昏时景暗，叶茂草蒙茸。

此诗一句一同旁。第四句的“叶”字，繁体字为“葉”，也是草字头。作者笔下既有“铁锁”“铜钟”的悠远苍古，也有酒一样清洌醉人的湘水风情。时至黄昏，远处的景色渐深，近处竞相生长的野草也是睡一样迷蒙。诗人把我们带入了一幅唯美的自然画境！全诗融情入景，情景交融，文字活脱，音韵和谐。较之古代的联边诗，更注重意象化表达和时空感营造，避免了抽象化、概念化，不枯燥，不僵滞，真正达到了感心、感耳与感目的统一，又得联边之趣。

浙江温州诗人夏景耀还创造了竖同旁、交叉同旁、对叉同旁、四周同旁等不同于传统的同旁体式。

还有一种联边对，也叫联边联、同旁联。就是在对联中通篇使用同旁字。如旧时大车店有这样一副对联：

远近通达道；进退返逍遥。

此联的句意与字形，能给人以“大车哼哼，遵大路兮”的感觉，别具审美趣味。

对联也是诗的一种形式，即二行诗（“二行”不等于“二句”，有些长联的上下联都由多句构成）。所以，联边对也可以归为联边诗的范畴。

翻字诗：字反意新趣味增

翻字诗与倒字诗在字序上很相似，以至于有研究者把它列入倒字诗之中来介绍。但仔细看，二者存在本质上的差距。倒字诗（后面将要专门介绍）“倒”出的“错词”必须倒回去理解，才能读成有意义的词；而翻字诗“翻”出的另一个词，无须倒回去理解亦有意义，而且两个词表达的并非同一个意思。利用这种翻字手法创作的诗歌，就是翻字诗。

还有人把翻字诗当作颠倒歌（颠倒诗），这也是值得商榷的。因为一般颠倒诗的句意都是悖理的（颠倒歌后面还会说到）。诗人、书画家**钱济鄂**（1930—2011）写过一首五言翻字诗，取名《颠倒诗》，但从诗体上看，却是典型的翻字诗。且看全文：

网鱼脱鱼网，笼鸟辞鸟笼。
水车车水绿，花剪剪花红。
导引期引导，功成竟成功。
头枕枕头上，帐钩钩帐中。
回数已数回，统一须一统。
休欢欣欣欢，尽痛苦苦痛。
安心求心安，送客兼客送。

真为难难为，况重任任重。
式样翻样式，成形遂形成。
马鞭鞭马去，书架架书盈。
貌美惊美貌，情深邂深情。
莫唱歌歌唱，且行道道行。
齐家忘家齐，敬卿邀卿敬。
又狂风风狂，任映雪雪映。
心粗说粗心，命薄怜薄命。
灵机机灵肠，伤感感伤性。

诗人由“网鱼”翻出“鱼网”、“笼鸟”翻出“鸟笼”、“马鞭”翻出“鞭马”，等等，都无须倒回原词就能理解其含义。而由这些词语组成的诗句，却让人感到既新鲜又有趣。

应当注意的是，翻字诗的创作不能停留在翻词造句上，还必须重视作品的整体架构与审美意蕴的营造。而这些往往又与作者的生活经验、性情修养密切相关。诚如上官仪所言：“情新因意得，意得逐情新。”如**阿青**长期远离故乡，而故乡山水之美又深刻印入脑海，偶尔也会挤出时间去那鸟语花香的山间小住几天。此时也会把自己当时山居心情告知远方好友。下面这首题为《山居有寄》的七绝翻字诗就是基于这一背景写成的：

莺春总有春莺唤，山上期君早上山。
阵雨来时观雨阵，斑云深处数云斑。

此诗押平水韵。“莺春”是文人们对春天的雅称。“莺春”与“春莺”、“山上”与“上山”、“阵雨”与“雨阵”、“斑云”与“云斑”这些词的字序是两两相反的，但都有其特定的含义。作者表达的是：莺春时节，自己被春莺唤去（这里的“春莺”既是一种鸟，也是“满山鸟语”的借代），当然也希望老朋友来到这云缠雾绕的山上，一道观“雨阵”之变、察“云斑”之化。这也是作者所寄寓的一时出尘之想：清空心灵，融入自然，超然物外。

另外，翻字诗还可与其他多种诗体融合，形成复合文体。例如，清代诗人**万树**（1630—1688）的《幽斋夏日》（七律二首），既是翻字诗，也是单句回文，二者难以截然分开。单句回文就是每一句都可以倒过来读，跟原句没有任何差异。单句回文已在“回文诗”一节讲到，这里不再细说，只将原文附录于后，供大家比照。

幽居野胜野居幽，留客多情多客留。
鹤似人闲人似鹤，鸥如意静意如鸥。
径云停晓停云径，楼月明空明月楼。
话久忘机忘久话，游仙枕上枕游仙。

瓜种新收新种瓜，家园灌艺灌园家。
鸟鸣惊梦惊鸣鸟，花放催诗催放花。
月抱荷香荷抱月，霞笼竹影竹笼霞。
景幽深得深幽景，茶焙初尝初焙茶。

【附带讨论】颠倒诗、反常诗

颠倒歌，又叫颠倒诗、撒谎歌、谎趣诗。它是通篇利用有悖事理和学理的语言组成篇章。这是颠倒歌与翻字诗的根本区别所在。颠倒歌多为民间口头创作，如陕西白河县流传的一首《颠倒歌》：

山上萝卜吃了猴，河边麦子吃了牛。
花花公子撵花狗，奴在房子脚抱手。
外面来了客咬狗，手咬石头血长流。
公鸡生了双黄蛋，犍牛下个黑母牛。

这首《颠倒歌》每一句都有悖生活常识和事理逻辑。诗中所写现象，在现实生活中根本不存在甚至不可能出现。文学应该是社会生活的真实写照和个人情感的真实表达，即通常所说的“镜子”功能，虽然任何一部（首）文学作品往往只能照出社会的一个侧面或一个局部甚至一个小点，但它不能没有这一功能。颠倒诗正因为缺乏这一文学功能，而只能作为一种纯粹的益智游戏，所以文人鲜有创作，只是在小说和戏曲中作为社会生活内容被使用。一句话，颠倒歌的诗学价值不高，作为文学探究的意义不大。

反常诗是讽刺诗的一种。它所写的内容是社会生活中真实存在的反常现象。下面举两个例子：

汉末民谣

直如弦，死道边。
曲如钩，反封侯。

清末民谣

泥瓦匠，住草房；
纺织娘，没衣裳。
卖盐的，喝淡汤，
种田的，吃米糠。
编凉席的睡光床，
当奶妈的卖儿郎。

诗中反常现象看似荒诞，但却是活生生的事实，作者并未说谎也并非在说反话，而是直斥社会的荒谬与不合理。社会“反常”并非文学笔法的“反常”。这种披露社会问题的反常诗（讽刺诗）与倒字诗、颠倒歌都是不可混淆的。反常诗也不具有“形趣”意义，因此我们就不在“形趣诗”范畴里专门讨论，仅附带一说。

叠字诗：百转千折，荡气回肠

叠字诗读起来，一气盘旋，朗朗上口，百转千折，荡气回肠。叠字诗，是指诗中的部分句子或全诗各句都用叠字组成。所谓叠字，是指两个相同的字重叠为一个词，有人把它叫“重言词”。

叠字手法在《诗经》中就有不少，如“关关雎鸠”“杨柳依依”“伐木丁丁”，之后颇为有名的此类诗句当数宋代著名女词人**李清照**的《声声慢》中的“寻寻觅觅，冷冷清清，凄凄惨惨戚戚”和宋代文学家**欧阳修**的“庭院深深深几许”之句。

叠字的恰当运用，可以增加语言的音节美，增进情感的强度，尤其适合婉转绵延的情感表达。现行中学语文课本中有一首题为《迢迢牵牛星》的汉乐府：

迢迢牵牛星，**皎皎**河汉女。
纤纤擢素手，**札札**弄机杼。
终日不成章，泣涕零如雨；
河汉清且浅，相去复几许！
盈盈一水间，**脉脉**不得语。

这首诗借神话传说中牛郎、织女被银河相隔而不得相见的故事，抒发了因爱情遭受挫折而痛苦忧伤的心情。全文十句就有六句运用了叠字，基本上可称叠字诗了。

唐代诗人**王建**（765—830）的《宛转词》则是现存最早的叠字词。它句句都用到叠字，且每句有两个以上的字重复：

宛宛转转胜上纱，红红绿绿苑中花。
纷纷泊泊夜飞鸦，寂寂寞寞离人家。

苑中的花开得如此“红红绿绿”繁闹之极，可那纷纷飞离人家的鸦鸟是多么寂寞！两相对照，反差何等强烈。此诗婉转地表达诗人不便明说的心情，但命名为《宛转词》，又是诗人对这类诗的文体特点的点明。一句内有两个或两个以上的字重复，属于多叠式，容易造成复沓绵延的语调，尤其适用于低回婉转的曲子词。

例如元代著名戏曲家**王实甫**（1260—1336）的《十二月过尧民歌·别情》：

自别后遥山隐隐，更那堪远水粼粼。
见杨柳飞绵滚滚，对桃花醉脸醺醺。
透内阁香风阵阵，掩重门暮雨纷纷。
怕黄昏忽地又黄昏，不销魂怎地不销魂。
新啼痕压旧啼痕，断肠人忆断肠人。
今春香肌瘦几分？缕带宽三寸。

这首小令的前六句写女主人公面对春景睹物思人的心绪。句法对仗工整，每句后两字叠用，以衬托情思之缠绵。远山近水，杨柳桃花，香风暮雨，无一不勾起女子的思念。视角由远及近、由外及里地转移，实质上是对遥相思念的描述，而主人公那寂寞的心情不言而喻。后六句直接描摹女子的相思情态。用复字手法，一唱三叹，写出主人公柔肠寸断的相思之状。而这种日复一日折磨的结果就是玉肌消减、衣带渐宽。女主人公的纯情坚贞由此凸显。全曲大量运用叠字、叠词，含情脉脉、如泣如诉，情致哀婉动人。

［清］康涛《柳荫仕女图》

有的作品句句字字都是叠字。如元代词人**乔吉**（1280—约 1345）的《天净沙·即事》（四首其四）也别有情韵：

莺莺燕燕春春，花花柳柳真真。
事事风风韵韵，
娇娇嫩嫩，停停当当人人。

这首曲子赞美女子的容貌，描写爱情的和谐美满。前两句用春天的莺燕双双飞舞、花柳摇曳多姿来形容遍地春色中女子的美姿。后三句写这个女子言谈举止都很有风度和韵致，又娇美年轻，一切都恰到好处，是个无可挑剔的美人。这首曲子通篇叠字、双声、叠韵，音韵优美，一气贯注。

有些叠字诗与其他诗体相结合，形成一种复合式文体（这也符合文体融合交替发展的规律），从而产生变化有致的韵味和多重美感。如明代著名道教学者**朱权**（1378—1448，朱元璋之子）的《书怀》就是叠字体与回文体相结合：

纷纷雨竹翠森森，点点风花落绿阴。
贫恨苦吟穷寞寞，乱愁牵断梦沉沉。
昏昏岭隔重重信，渺渺江如寸寸心。
因有事情闲默默，我于疏拙老骎骎。

诗中“骎骎”，意为马奔驰的样子，比喻光阴易逝。为了表达音韵哀婉缠绵的情绪，每一句都用了叠字，而为了避免由此而产生的重复与拖沓，诗人又细心地把叠字安排在句中不同的位置。此诗不仅仅是叠字诗，而且也是回文诗。即此诗可以按回文倒过来读：

骎骎老拙疏于我，默默闲情事有因。
心寸寸如江渺渺，信重重隔岭昏昏。
沉沉梦断牵愁乱，寞寞穷吟苦恨贫。
阴绿落花风点点，森森翠竹雨纷纷。

不管顺读还是倒读，都能感受到诗人在暮雨中眺望江山景色，发出穷愁落寞、年华易逝的感慨。

20 世纪 70 年代末，阿青在湖南黔阳（今洪江市）采风时，搜集到一种民间“念词”（后发表在《人民日报》海外版上），其音韵节奏与一般歌谣迥异。而它就是叠字体与复字体相结合的一种诗歌形式。且看这首《又团圆》：

郎在高坡高界飞崖陡壁唱山歌，
姐在琉璃瓦屋坐在高脚板凳绣花绣朵绣绫罗，
唱得我姐脚懒手懒冒有劲呗，
好像织匠呗难抛梭，
绣得楠竹尖尖水竹尖尖烟竹尖尖接上天啰，
郎就做个刺榔子藤藤枝枝挂挂丝丝纽纽要来缠，

记得那年那月那日那时皇桶炸箍惊散了，
今年今月今日今时破篾织箍又团圆。

这种情人之间吟诵或对唱的“念词”，具有浓郁的风俗气息。它以当地自然景物、日用实物以及生活方式为借喻，诙谐地表达了相恋男女的浪漫心情。特殊的长句形式，加上叠词、复字手法的穿插运用，吟诵起来繁音曼节，折折绕绕，缠绵不断。

湖南通道有一种侗族“垒词”与上述“念词”有异曲同工之妙（见“诗例微评”）。

复字诗：字复意新的艺术追求

先说一下：复字不是叠字，否则就会把复字诗想成叠字诗了。

复字诗，是指在一首诗中，重复地使用一个或几个字相同的字。人们把这种重复地使用同一个字或几个字的诗叫作复字诗。这些相同字眼，在诗中通常对举，也有在不同位置反复出现的情况。如果一首诗只有部分诗句使用相同的字眼，还不能叫复字诗，只能说是“使用了复字手法”，只有通篇使用复字手法的诗，才能叫复字诗。

古人写诗避讳重字，而复字诗恰恰是从这一点上进行突破，得以自成一体。由于某些字词反复出现，造成音韵贯通，犹如串珠般连绵，所以宋代诗人敖陶孙在《腥翁续话》中把这类诗叫“串珠诗”。但这里的“串珠”与后面的介绍的“联珠诗”中的“联珠”是有区别的。

有人把复字诗与反复诗混同起来，不加区分，也是不恰当的。反复诗由苏轼创造（见“诗例微评”：苏轼《反复诗》），它实际上属于回文诗的一种，此处不详述。

复字诗出现较早，南北朝时期就有比较成熟的复字诗了。当时以至后来影响较大的要数萧绎的《春日》一诗。

全文如下：

春还春节美，春日春风过。
春心日日异，春情处处多。
处处春芳动，日日春情变。
春意春已繁，春人春不见。
不见怀春人，徒望春光新。
春愁春自结，春结谁能申。
欲道春园趣，复忆春时人。
春人竟何在，空爽上春期。
独念春花落，还是惜春时。

全诗十八句，使用“春”字23次，如此反复咏叹，真可谓“春色不浓也醉人”。

作者梁元帝**萧绎**(508—554)，是梁武帝**萧衍**第七子，初封湘东郡王，后任侍中、丹阳尹。普通七年（526）出任荆州刺史，都督荆、湘、郢、益、宁、南梁六州诸军事，控制长江中上游。曾做过将军、太守、刺史等官职，公元552年登基做了皇帝。梁元帝不但能治国，还是一位博学多才的文人，完成了大量学术著作，如《孝德传》《忠臣传》《注汉书》《周易讲疏》《老子讲疏》《全德志》《江州记》《贡职图》等。《梁书·元帝本记》称赞他：博览群书，下笔成章，出言为论，才思敏捷，无人能和他相比。他在绘画方面也很有造诣。萧绎是唯一一位被列入诸子百家的皇帝。其代表作是《金楼子》。仅从他的复字诗《春日》就可见此人文才了得。

萧绎的《春日》，恐怕是最早的复字诗了。全诗每句都含有“春”字，除了描写春光、春色的美好，对春景、春思、春惘之情也尽情抛露，让人兀觉意味深长、情真意切，颂叹之余，亦不免有些唏嘘感慨。

此诗由情入景，景随情移。前六句，从不同角度描绘了富有春天情韵的诸多景物与事物：春还后的春节、吹面不觉的春风、春心与春

［明］吴伟《武陵春图》

情在人们的心上漫溢，由春而带来的日新月异的景象，让人感到春光无限缕缕美好。

“春意春已繁，春人春不见”，这两句总上启下，由写景转为写人，情绪由起而伏，层次加深——原本“不见怀春人，徒望春光新”，所怀之人，不在身旁，空对春光，足以令人惆怅。可是，目睹这“春园”之趣，更要想起以前的“春时人”，这又进了一层。到“独念春花落，还是惜春时”之句，一个“独”字，已是百愁难解了。

这首诗，没有停留在复字的形式上，而是借助复字手法强化语气、节奏。复字，句句有新意。“字复意不复”，这就是复字诗所追求的境界。如果只是形式，那么复字诗的价值就大大缩水了。

萧绎的朋友**鲍泉**（？—551），也是一位颇有才学的诗人。他被此诗触动，写了一首《奉和湘东王春日》诗，共十八句，用了三十个“新”字，也当称一趣，并成为其诗歌代表作之一。

新莺始新归，新蝶复新飞。
新花满新树，新月洒新辉。
新光新气早，新望新盈抱。
新水新绿浮，新禽新听好，
新景自新还，新叶复新攀。

新枝虽可结，新愁讵解颜。
新思独氤氲，新知不可闻。
新扇如新月，新盖学新云。
新落连珠泪，新点石榴裙。

鲍泉的这首诗作为萧绎《春日》的和诗，同一题材，要写出不同于原唱的新意，很难。正如后人所说，按着别人的节拍跳舞，很难跳出新花样。但鲍诗独具匠心，给人以“青胜于蓝”之感。

全诗紧扣原唱的题旨和格式，但在构思和写法上却另辟蹊径，变概括描写、直抒胸臆为具体描写、含蓄传情，通过生动鲜明的画面和形象说话。另外，鲍诗以“新”字和“春”字，颇为巧慧得体。春为一岁之首，一元复始，万象更新。新是春的主要特征，而“新”字又比“春”字含义丰富，故笔墨的回旋余地大得多。

这首诗，写景言情配合得当。所写之景，不但起了引情作用，而且欢乐之景对于悲愁之情，起到了反衬作用，使所抒之情更加鲜明强烈。从景转情后，写女子的内心活动，笔墨尤为委婉细腻。先写“新愁”“新思”之苦，再写“新扇”“新盖”之乐，最后写“新泪”之悲，层层递进，愁情步步深化，章法井然，有曲折，有变化，情致缠绵，耐人玩味。比起萧绎的原唱，意境更为深邃，更具画面感；意象更繁复，意蕴更充盈；语言更有诗性，更具通感（“新思独氤氲”这样的句子，无异于现代新诗的“移觉”手法）。如此等等，无须多言，这首以“新”字复用的和诗，着实令人耳目一“新”。

六朝之后，写复字诗的大有人在，题材更加丰富，形式更加多样。诗人们不但用这种形式写景，还用于抒写时事，使复字诗更具社会性和现实感。例如，唐代大文学家**柳宗元**被贬为柳州刺史时，他的好朋友**吕温**（771—811）知其在当地力行植树绿化造福子孙后代之事，写了下面这首《嘲柳州柳子厚》一诗：

柳州柳太守，种柳柳江边。
柳管依然在，千秋柳拂天。

这首诗一共只有20个字，先后重复了六个“柳”字。诗人通过反复使用的“柳”字，着力渲染柳宗元的人格魅力，最后落脚在“千秋柳拂天”。诗的题目虽然是“嘲”，但实际的用意却是“赞”，赞其“荫”及子孙之举。从构思看，此诗先抑后扬，别出心裁，别具新意。而“千秋柳拂天”又是诗中最出彩的一句：它营造出了无限的审美时空。“柳拂天”，可谓“诗眼”，极具想象之美，给人一幅遍地葱绿与漫天浓荫的壮阔画面。一个“拂”字，“拂”动（写活）了这葱绿，这浓荫，画面活了。虽然吕温的诗歌成就远不能与李白相比，但同样是赠与之作，“千秋柳拂天”的思想内蕴与艺术表现力远胜于李白《赠汪伦》的“不及汪伦送我情”。

由此可知，复字诗同样可写出精品佳作，甚至不朽之作，而又多了复字的形趣之美。

【附带讨论】一字诗、半字诗、空字诗

现今有人把诗中反复使用“一”字的叫作“一字诗”，把反复使用“半”字的叫作“半字诗”，把反复使用“空”字的叫作“空字诗”，等等。如此命名诗体是否恰当？本书认为，这些诗例都属于复字诗，它们并未形成新的规制。若以所复之字命名诗体，必然产生歧义。读者会误以为此类诗只有一个字或半个字或空着字位。事实上就存在一个字的诗和空着字位的诗，甚至半个字的诗说不定哪一天也会出现。若将上述诗例所复之字加上引号进行命名，不但十分别扭，也不符合诗体命名的惯例。再说，如果那样命名，那么上面所举萧绎、鲍泉、吕温的诗就得叫“春字诗”“新字诗”“柳字诗”，那岂不烦琐得让人发笑？

倒字诗：寓幽默于飞白之中

倒字诗，就是用倒字手法创作的诗，即诗人有意将某些常用的双音词颠倒入诗，以达到幽默风趣、押韵或其他特殊效果。由于大都用于句子末尾，改变了原句的音韵，所以，有人把它叫翻韵诗。

一般来说，倒字诗的每句都要含有倒字，若只有个别句子含有倒字，还不能称为倒字诗，只能说该诗运用了倒字手法。作为一种修辞手法，诗文中所用倒字，看上去是一个说不通的词或写错了的词，然而把它放到特定的语境，读者还是会按照正确的词（未被颠倒的词）来理解其含义。倒字手法，修辞中又叫“飞白格”。“飞白”的概念源自“飞白书”，一种书法技巧。其丝丝露白，飞笔断白，燥润相宜，似自然形成，实为有意而作。后被文学创作借用过来，故意造成“错词”或将生活中实际存在的“错词”用于诗中，达到某种特殊效果。

例如，**毛泽东**《蝶恋花·答李淑一》中的“杨柳轻飏直上重霄九”，其“重霄九”就是“九重霄”的倒置。九重霄，即天的最高处。若只看“霄九”二字，也是“九霄”的倒置。他的另一首《人民解放军占领南京》中的“天翻地覆慨而慷”，其“慨而慷”是“慷慨”的倒置，在诗句中可理解为心潮澎湃，慷慨激昂。在特定的语境中，根据表意或押韵的需要，这样故意造成“错词”，不但不会引起误读，还会使句式翻新，不落俗套。

另外，**鲁迅**短篇小说《孔乙己》中的“孔乙己”名字，用的也是飞白辞格。古云“上大人，孔乙己”，即孔子是一位排行第二的人而已。由于“己”与“已”形近，后来就讹传为“上大人，孔乙己”。鲁迅将这实际存在的“飞白”用于文中，也算幽默了一次。对于这些作品中的飞白手法（也是知识点），可惜很多教师并未讲清楚。

句句都运用倒字手法（飞白格）的诗，就是倒字诗。

倒字诗最早产生于唐代。《万首唐人绝句》收有**黎瓘**(生卒不详)《翻韵赠崔漳州》一诗。全文如下：

惯向溪边折**柳杨**，因循行客到**州漳**。
无端忤触王**衙押**，不得今朝看**饮乡**。

诗中各句末尾二字，分别是“杨柳”“漳州”“押衙”“乡饮”这些常用固定词的倒置。诗人说我折溪边杨柳，是为朋友崔君送行，他要顺着大路到遥远的漳州做官去了。这是因为他无端得罪了王押衙(押衙为皇帝侍卫官)，不能再看到家乡了（“乡饮”为官府宴请当地名人之古礼，此借代“家乡”）。这样表达，很容易让人想到：在正义被颠倒了的世道，便有颠倒之词入诗。此诗表面看是戏谑之作，而实际上不但寄寓了对朋友不幸命运的同情和牵挂以及为崔漳州的遭遇而不平，还表达了对权贵的蔑视和不屑。

黎瓘的这首倒字诗，每句的“错词”都是故意造成。下面这个诗例，既有故意造成的“错词”，又有把生活中真实出现的“错词”将错就错写入诗中的情况。

康熙帝问随行翰林：“墓前石人叫什么?”有一翰林说叫“仲翁”，其实应叫“翁仲”。相传秦朝有个将军身高丈余，名曰“翁仲”，后铸金人纪念他，称翁仲，后世墓前石人也称翁仲。这位翰林说错了，康熙帝说他读书欠功夫，免去翰林官职，让其去苏州做通判，还当众写下一首诗：

> 翁仲如何作**仲翁**？想必当年少**夫功**。
> 而今不得为**林翰**，贬尔**州苏**作**判通**。

诗中“仲翁”“夫功”“林翰”“州苏”“判通”都应倒过来理解。其中“仲翁”是生活中出现的错词，其他几个“错词”，则是作者故意而为，共同形成幽默风趣的效果。

值得强调的是，倒字诗是“字倒词错”，其“错词”必须倒回去理解，才成为有意义的词。若不倒回去也有意义，那就不在倒字诗或倒字手法之列。如“笼鸟辞鸟笼”“花剪剪花红”“头枕枕头上”“帐钩钩帐中”“马鞭鞭马去”，均不在倒字格范畴。

拆字诗：咬碎文字成妙章

“拆”与“测”读音相近。拆字（或测字），在古代又叫破字、相字，是占卜术的一种形式，即以汉字加减笔画，拆开偏旁或打乱字体结构，加以附会，以推算吉凶。

后来是怎么融入诗词文化的，不得而知。

《后汉书》中记载了东汉末年流行的一首童谣：“千里草，何青青，十日卜，不得生。”

这里的“千里草”为“董”，“十日卜”为“卓”，是诅咒董卓不得善终的一句谶语，当然也是表达人们对专权者的不满。有人认为，诗歌创作中的拆字诗或许就是由这类俚俗民谣演变而来。

拆字诗，又叫析字诗，是根据汉字的特点，将合体字拆成独体字，或拆成相关的部件（偏旁加独体字），创作诗意诗境。

拆字诗与谜诗、离合诗（后文介绍）相近似，但是，它们又不尽相同。

汉字作为表形的文字的独特性为人们提供了拆字的条件，而用于诗词创作中会产生另外一个新字，从而产生另外一种新意义，这是非常奇妙的。诗歌也在这种创造中更加拓宽了新的意境，使得读者获得一种全新的体验。

先来看一下《四库全书》之《回文类聚》所收唐代大诗人**白居**

易（772—846）的《游紫霄宫》：

七律诗原本是 56 个字，白居易的这首诗只写了 48 字，排成一个圆圈，却也能读成一首七律：

水洗尘埃道未甞，甘于名利两相忘。
心怀六洞丹霞客，口诵三清紫府章。
十里采莲歌达旦，一轮明月桂飘香。
日高公子还相觅，见得山中好酒浆。

这是一首顶针拆字诗，从上一句末尾一字分离出一个部首，作为下一句的首字。具体说，第一句末尾“甞”字分离出“甘”字作为第二句开头一个字，第二句末尾的“忘”字分离出“心”字作为第三句开头字，依此类推。最后一句末尾的“浆”分离出“水”字，又作为首句的开头字。如此循环，难度之大可以想见，可诗人写得十分完美。可见白居易咬文嚼字的功夫了得！

此诗写了诗人游紫霄宫所见诸多美景，意境恬淡，颇具禅味。

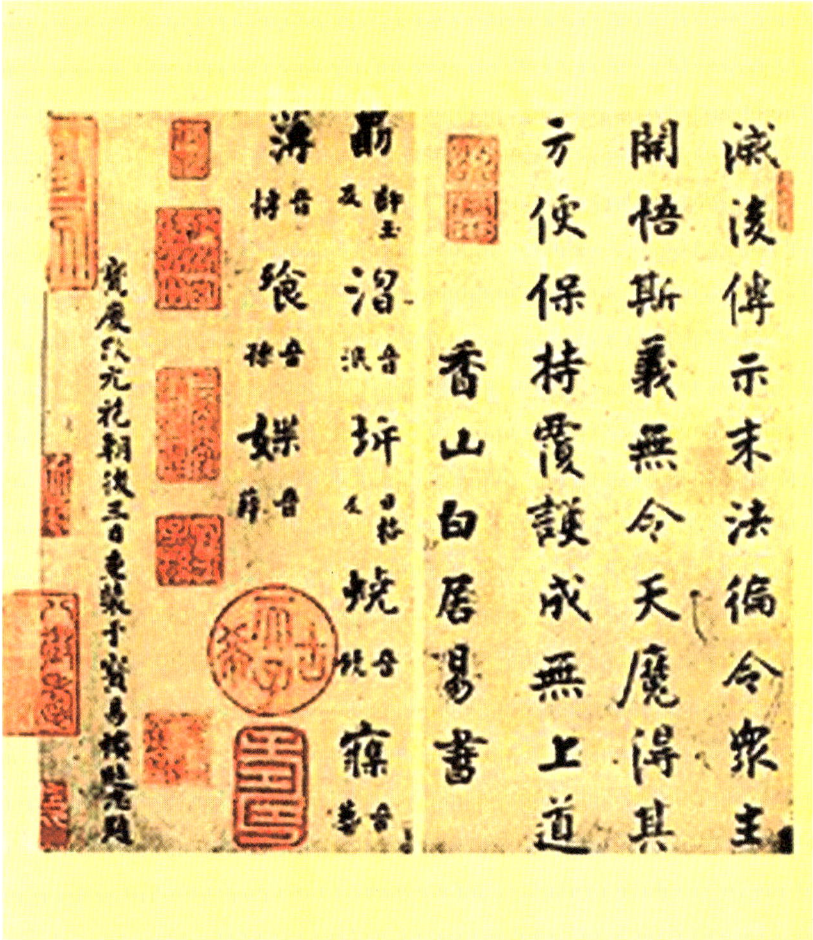

［唐］白居易书《楞正经》

南宋学者**刘一止**（1079—1160）的《志士诗》也是一首写得很成功的拆字诗：

日月明朝昏，山风岚自起。
石皮破仍坚，古木枯不死。
可人何当来？意若重千里。
永言咏黄鹄，志士心未已。

这首诗全是本句拆字，每拆一个字都不涉及上下句；根据诗意表达的需要，在拆的顺序上灵活有变。一、二、三、四、五、七句，是将每句第三字都拆为前两字，即“明”拆为“日”和“月”，“岚”拆为“山”和“风”，“破”拆为“石”“皮”，“枯”拆为“古”“木”，“何”拆为“可”“人”，“詠”拆为“永”“言”；第六句则是将第三个字拆为后面两个字，即“重”拆为“千”“里”；第八句将第一个字拆为后面两个字，即“志”拆为“士”“心”。

此诗不仅因拆字而生趣，富有哲理，且将坚定不移的志士之情怀表达得十分强烈。写景或言志皆可用拆字体来写作。所以，对拆字诗的理解，绝不可作为一种纯粹的“文字游戏”来理解！当然，我们也不能否认它具有游戏娱乐方面的功能。有些作者在进行这类作品时，除诗作本身的趣味性之外，还有意增加诗外的趣味因素。如清代诗人**张潮**的《奚囊寸锦》有一首题为《截断横行》的拆字诗，就写在一个螃蟹图案的背上：

这是一首五绝，每字分为上下两截，从右至左横读（这是古文通常的读法）：

草木卜知音，仓公一日心。
入秋沓大雨，小鸟共长林。

（注：枩，同松；尒，同尔；畨，同翻。）

诗中采用了“草木知音”的俗语。草木因声音而舞动，可能是一种生物或物理现象，至今有不少人在探索其奥秘，但古人认为草木的舞动可灵验地预卜事态变化，并用草木卜卦。“仓公”，指淳于意，是与扁鹊并称的济世名医。全诗的大意是说：灵验的草木已然卜测到某种信息，太仓公这等圣人像太阳一样密切注视着事态变化；进入秋季竟然下起翻江倒海的大雨，能够预知风雨的小鸟都早早躲进了密密的森林。再看那图：“横行公”（螃蟹的别号）横行于世，是何险兆，应当警觉。诗题“截断横行”，既告诉人们此诗读法，又提示人们密切关注难以预测的事态之变，有所应对。此诗一边用卦辞隐晦的语言来造成神秘感（如同当今的朦胧诗），一边又以图画的方式给人以些许明示，造成了半晦半明的效果。此诗最主要的技巧还是拆字（前面说过，拆字也源自卜测之术），图对诗题及诗的主旨有象征和暗示作用，但图对诗的写作形式没有规制作用，所以它还是一首拆字诗，当然也是一首预言诗。

由于这首《截断横行》不同于一般的拆字诗，它必须把每个字截成上下两个字，这就要求写作时每个字都须使用上下结构的字，从而形成一种特殊的规制，即横截成诗，故又可另作一体——“横截诗”。而因此类诗并不多见，便只在此一提，不必单列。

拆字诗在民间流传较多，很多拆字诗都与民俗风情、民间故事、民间对联结合在一起，颇具戏谑斗智之趣。如一组广为流传的《行酒令》，其中一首为：

有水也是溪，无水也是奚。
去了溪边水，添鸟便成鸡。
得势猫儿雄似虎，褪毛鸾凤不如鸡。

（注：鸡，繁体写作鷄。）

拆字诗中的“拆字技巧”也常常用在其他非拆字诗的创作中，也使诗歌意趣大增。如，唐代大诗人**李白**就写过一首《永王东巡歌》，“海东山青古月催”一句中的“古月”就是“胡”字的拆字。此诗共44句，仅这句用了拆字的表达方式，我们不能把整首诗叫拆字诗，但由于拆字技巧的运用，给诗句带来了更多的意味。

宋朝**吴文英**的《唐多令》词中的一句“何处合成愁？离人心上秋”，广为流传，正是因为拆字之妙。其妙处就在于将“愁”字的上下两部分拆开，从而使得他写的这首词起笔写羁旅秋思，酿足了愁情。

一些小说、散文中，也常常含有拆字诗或拆字技巧。《红楼梦》里多次写到拆字之事，第二十三回：“（宝玉）每日只和姊妹丫头们一处……拆字猜枚。”

离合诗：拆分时难合亦难

有一种特殊的“拆字诗”，不但拆字，还合字，故叫离合诗。它也是根据汉字的构造特点，通过对合体字进行“拆”与“合”，来构成完整的诗歌形式，营造诗意诗境。至于这种“有拆有合”的诗应该作为拆字诗的一种形式还是单独分出一个“离合诗”的类别，我觉得只要读者能够明白其特点，都是可以的。

拆字诗与离合诗同时出现在东汉。前面说过，就现在能够看到的文本来说，最早的拆字诗是东汉末年一首诅咒董卓的童谣，而最早的离合诗也是东汉**孔融**所作的一首《离合作郡姓名字诗》，这就很难说离合诗是不是从拆字诗中分离出来的。且读《离合作郡姓名字诗》原文：

渔父屈节，水潜匿方；
与时进止，出寺驰张。
吕公矶钓，阖口渭旁；
九域有圣，无土不王。
好是正直，女回予匡；
海外有截，隼逝鹰扬。
六翮不奋，羽仪未彰；

蛇龙之蛰，俾也可忘。
玟璇隐曜，美玉韬光。
无名无誉，放言深藏；
按辔安行，谁谓路长。

孔融（153—208），字文举。东汉末年文学家，“建安七子”之一，家学渊源，是孔子的第19世孙。汉献帝即位后任北军中侯、虎贲中郎将、北海相。建安元年（196年），袁谭攻北海，孔融与其激战数月，最终败逃山东。不久，被朝廷征为将作大匠、迁少府，又任太中大夫。性好宾客，喜抨议时政，言辞激烈，后因触怒曹操而为其所杀。

此诗是一首政治抒怀诗。在汉魏六朝时期，政治是文人最为避讳的话题，孔融虽然敢言，但也应有所顾忌，所以就选择了拆合文字方式来抒写政治情怀。全诗大意是：

智者总是像渔父一样在水乡潜藏，隐匿方直个性；

气候一到，就立马出外张网。

吕尚公就是如此默默无言，垂钓于渭滨；

那是因为他面对的是殷王朝“普天之下，莫非王土”的暂时淫威。

抱持刚正不阿气节，何惧奸雄；

何不（像契的孙子那样）阻击四海之外的敌人，当如苍鹰搏击，勇猛迅速。

要知道（今日辅佐王朝的）“六翮”“羽仪”（英雄、表率）还不到振翼奋飞的时候，

只能像龙蛇般暂时蛰伏，使自己成为可忘之人，不让对手戒备。

像玟璇美玉那样隐匿于深山，韬光养晦。

默默无闻，把豪言壮语埋在心里；

压住缰绳，使车马安闲徐进吧，谁说前途渺茫、征途遥远啊！

在前四句中，第一句“渔”字，第二句“水”字，渔犯水字而去“水”则存“鱼”字；第三句“时”（繁体：時）字，第四句有“寺”字，时犯寺字而去“寺”，则存“日”字。“鱼”与“日”字合而为“鲁”字。“吕公”四句，上联离“口”，下联离“或”字，合而为“国”（繁体：國）字。以下类推。通过离合文字的偏旁部首，该诗合成了“鲁国、孔融、文举”六个字。这是孔融巧妙介绍自己的“一张名片”。但此诗并不是单纯的文字游戏，而是通过这种“游戏”方式抒发政治抱负。

此诗前四句以“渔父屈节”起兴，接叙姜太公垂钓于渭水之滨，过着隐居生活，后为周文王赏识，从此改变龙蛇蛰伏、美玉藏光的状态，有如雄鹰展翅，奋发有为。末叙君臣相待，并辔而行。此诗的巧处：诗人因利乘便，正好“借彼之意，写我之情”。若有意，若无意；若连贯，若不连贯。久经咀嚼，义蕴深远。

孔融之后，作离合诗者甚多，仅六朝时期就有潘岳、谢灵运、刘俊、谢惠连、贺道庆、王融、萧巡等人创作了不少这方面的佳作。

这里，特别要与读者分享古代两位才女的蘸血带泪离合诗。这些作品问世以来不知有多少人因其内蕴而落泪，为其才华而倾倒。

明朝末年，战乱蜂起，驻防四川江油梨雅镇的一位姓萧的将领整饬军务准备应敌之时，不免十分牵挂远在富顺的妻子和儿女。就在这时，儿子来到了梨雅镇，带来了母亲刘氏（萧将军夫人）所写的十首离合诗。这种离合诗即把一个字拆解成三个字，分别以这三个字开头写成前三句诗，再把这三个字合成本字作为开头写出第四句（即最后一句诗）。刘氏把“驛梅驚別意　堤柳暗離愁”十个字进行离合成诗，一咏三叹，气氛悲壮。（因当时使用繁体字，这里仍须使用繁体字才能看出其离合的关系。)

驛

馬革何人試裹屍？四維不振笑男兒。
幸聞碩果存幽閣，驛使無言寄雅梨。

梅

木偶同朝只素餐，人情說到死真難。
母牽幼女齊含笑，梅骨留香莫畏寒。

驚

苟活何如決意休？文姬胡拍總堪羞。
馬嘶芳草香魂斷，驚醒人間妾婦流。

別

口中節義系誰無？力挽江河實浪虛。
刀鋸不移巾幗志，別無芥蒂是吾徒。

意

立也傷悲坐也傷，日斜光景對殘陽。
心憐夫嗣兒還父，意慘君愁女伴娘。

堤

土兵劫去又官兵，日望征人不復生。
疋練有緣紅粉盡，堤邊一勺是匡城。

柳

木嫁原知冠蓋凋，夕陽古道冷蕭蕭。
卩邊似聽征魂泣，柳絮因風未許招。

暗

日前送別唱陽關，立石望夫還未還。
音信頻從隴外寄，暗傳汝婦已投繯。

離

凶莫凶兮國破亡，內庭無救各奔忙。
佳人命薄成何用？離卻塵氛骨也香。

愁

禾黍流離最可憐，火焚無與救眉燃。
心雖甘作黄泉客，愁向山頭望杜鵑。

从诗中，我们仿佛看到一位远离丈夫的才女一边在拆合文字作诗，一边心事重重，一笔一画将家国兴亡、人生命运、骨肉亲情娓娓抒写，大义深明，又情语切切。“凶莫凶兮國破亡”“佳人命薄成何用”“火焚無與救眉燃”“愁向山頭望杜鵑”……忧国之难，虑夫之危的心情跃然纸上，每拆一笔都是血的倾吐，每合一字都是泪的凝结；拆得心痛，合得心纠。读完此诗悲壮氛围直涌心头，令人哽咽！

萧将军读过此诗之后，恍然大悟：原来爱妻因虑及丈夫在战乱中难以幸免，故留下这十首离合诗后，已与女儿投缳自尽。萧妻刘氏于国破家亡之际从容就义，留下此绝妙之词，实在堪称含泪带血之作，其遗词达意浑然天成，堪称旷代逸才。

抒写恋情的离合诗，也有令人动容之作。这里不能不说到明末才女郭纯贞。

郭纯贞（生卒不详），字梅节，今湖南省桃江县合水桥乡人，明末江西巡抚郭都贤的次女，是益阳历史上出类拔萃的一位才女。郭纯贞的绘画“秀而雄”，当时在湖南名声很大。据旧《益阳县志》记载：“庋藏之者，珍如拱璧。”她善画山水人物，曾绘出秋景十幅赂题以诗，她曾在浮邱山、高桥等地居住，终老于高桥黑石村。

郭纯贞的诗多抒发自己抑郁的情怀，读来催人泪下。她曾因思念战乱中的恋人沐忠亮，以“驛梅驚別意　堤柳暗傷情”作离合诗十首（为了让读者明了当时作者拆合作诗的情况，这里仍用繁体）：

驛

馬蹄踏破板橋霜，四顧無人暗斷腸；
幸有香魂縈妾夢，驛門深鎖五更床。

梅

木蘭初發送雲韉，人去蘭州路幾千；
母謂天池迷雁迹，梅花傳信報君還。

驚

苟道首期一楫歸，文光遥映美人衣；
馬嘶墻外君何去，驚起嫦娥泪暗飛。

別

口里嗟君夢里逢，力窮無路訴蒼穹；
刀環在手憑誰贈，別鎖春怨盡掩宮。

意

立旁閑庭捫翠鈿，曰君曰妾兩相牽；
心懷悶懣渾如醉，意似春蠶已再眠。

堤

土圭測晷度日斜，日泊西山起嘆嗟；
是影是真俱是幻，堤絮高噪暮投鴉。

柳

木落山空近晚秋，夕陽歸雁過南樓；
耳邊不聽真消息，柳絮紛紜弄黑頭。

暗

日漸西馳事漸遐，立盟空復待年華；
音書一斷魚沉海，暗地思君哭落花。

傷

人間何必辨春秋，人死人生總是愁；
易理既明休問卜，傷心唯聽泪珠流。

情

心中眷念君知我，主決仍然我與君；
青鳥已空雲外信，情牽終世總無聞。

虽然这十首诗与上面刘氏的那十首，只有后面两首的诗题不同，其余八首诗题皆同，但意境迥异。“伤心唯听泪珠流”“心中眷念君知我，主决仍然我与君”……如泣如诉的文字，可见才女郭纯贞对心上人的一往情深。所以，恋人沐忠亮战死之后，郭纯贞单身终老山林，也就在情理之中了。

清代民间流传另一首写婚恋的离合诗与郭纯贞的作品有异曲同工之妙（见“诗例微评”：无名氏才女的“离合诗”）。

联珠诗：复沓歌咏，音节流美

联珠诗，又名连环诗、顶针诗、辘轳体，是用顶针的修辞手法写成的诗。顶针是用前一句或前联的结尾词语，来做后一句或后联的开头，使其头尾蝉联，上下递补，给人以一种涌流式的节奏感和音韵美。

联珠诗最早见于汉乐府。汉乐府原本是民间流传的歌谣，经由乐府这一专门机构保存下来，汉代叫作“歌诗”，魏晋时始称“乐府”或“汉乐府”。汉乐府多为未知姓名者所作，这些民间作品经过文人整理和润色，署名为“无名氏”。下面这首题为《平陵东》的联珠诗就出自《乐府诗集》。

平陵东，松柏桐，不知何人劫义公。
劫义公，高堂下，交钱百万两走马。
两走马，亦诚难，顾见追吏心中恻。
心中恻，血出漉，归告我家卖黄犊。

这首来自民间的联珠诗，揭露官府用“绑票”方式迫害和敲诈善良无辜百姓的行为。由于采用了联珠格（顶针）修辞手法，歌谣味很浓，适合传诵。

或许是古代文人们深谙音乐美对于诗歌的重要，这种歌谣式的联珠诗颇为后世文人所仿效，甚至连**李白**这样的大诗人也留下了联珠诗佳作《白云歌送刘十六归山》：

楚山秦山皆白云，白云处处长随君。
长随君，君入楚山里，云亦随君渡湘水。
湘水上，女萝衣，白云堪卧君早归。

这首诗是**李白**(701—762）于唐玄宗天宝初年在长安送刘十六归隐湖南所作。联珠手法贯穿全诗，“白云”“湘水”“君”等意象反复出现，重沓咏歌，声韵流转，情怀摇漾，含义深厚，意境超远，堪称联珠诗中的“明珠”，也是别具一格的送别诗。

这首诗最可贵之处是那扑扑真情。这真情源自李白对刘十六人生志向和境遇有感同身受的理解。天宝初年，李白怀着济世之志，奉召来到长安，然而长安“珠玉买歌笑，糟糠养贤才”的政治现实，令他大失所望，因此，不得不使他考虑自己将来的去向和归宿。这时他送友人归隐，触动了自己心中的郁结，他不再是对待一般隐逸者的情感，而是加持了同腐败政治决裂的浓烈情绪，因而诗情自然倾泻，犹如流云。

诗题称“白云歌”，诗人紧紧扣住白云这一核心意象，铺纸抒写，主旨凸显。早在魏晋时期，白云的自由飘逸、高举脱俗、洁白无瑕就被当作隐者品格的象征。诗人笔下的友人归隐，步步都有这清高脱俗的白云相送相伴，甚是令人羡慕。这是“知己”之间的相互安慰、鼓励与明志，也流露了诗人自己的归隐之心。最后一句“白云堪卧君早归”的“早”字，暗示“你先走一步，我也终将会来”。诗人于现实的抒写中呈现出豁达超脱的浪漫情怀。诗中的白云被人格化了。白云是另一隐者，隐者亦如白云。由此把人们带入一种清空高妙、风神潇洒的境界。而联珠手法的巧妙运用，又增添了音节的流美感和情意的缠绵感，给人以不同寻常的审美意蕴。

知名度最高的联珠诗是宋代著名诗人**苏轼**（1037—1101）的《采莲》。这首诗收录于《回文类聚》，民间还流传不少故事。

传说**秦观**去苏轼家拜访，恰逢苏轼出门游玩，苏轼闻知家中来客后马上写下了“赏花归去马如飞酒力微醒时已暮”14个字，并排列成圆圈图形，寄给了秦观：

在场众人看到这一圆圈形文字都很迷惑，不知所云。唯有秦观哈哈一笑，似破解了玄机，脱口吟出：

赏花归去马如飞，去马如飞酒力微。
酒力微醒时已暮，醒时已暮赏花归。

诗的意思大致是：赏花回来的时候，不胜酒力而微醉的我任由着马儿驰骋飞奔。等到酒醒的时候，已是暮色黄昏，正好可以边骑马边赏花回家。

听了秦观的解读，众人恍然大悟，原来是一首联珠诗啊！短短14字暗藏如此玄机，绝妙！

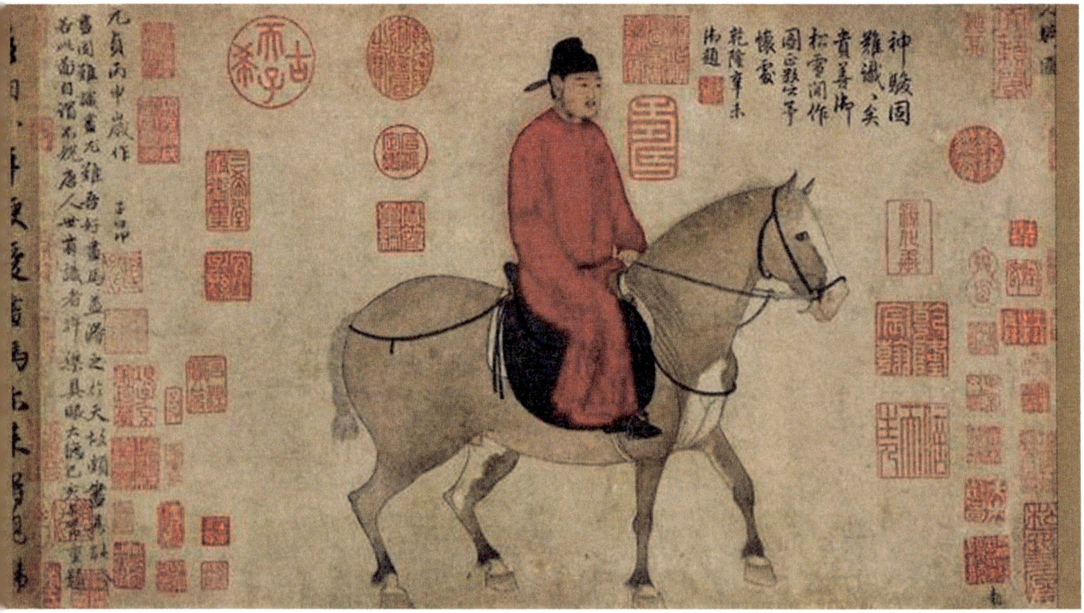

［元］赵孟頫《人骑图》

关于苏轼作《采莲》诗的故事，有多种传说“版本”，如有人说：苏轼之妹苏小妹收到身在异地的丈夫秦观的书信，原来是一首联珠诗，苏小妹便当着众人的面写了一首回敬丈夫，在旁的苏轼也写了一首，三首联珠诗各具特色。这个故事说明，宋代文人已熟知联珠诗这一形式，且把这类写作当作趣事。查阅《回文类聚》，里面确实还收录了秦观的《客怀》和苏轨的《采莲》，读法和排列方式与苏轼的《采莲》完全一样。

联珠诗一般有三种形式：一是每联（或每小节）前后蝉联。上面所举乐府《平陵东》属于此种。二是每句蝉联。上面所举李白《白云歌》、苏轼《采莲》属于此种。三是每句都吟同一事物，某些词语在句子中重复出现，如元代诗僧**明本**(1263—1323)《松月》：

天有月兮地有松，可堪松月趣无穷。
松生金粉月生兔，月抱龙珠松化龙。

月照长空松挂衲，松回禅定月当空。
老僧笑指松头月，松月何妨一处共。

此诗每句都吟相同的事物——“松”“月”，在意象上形成前后蝉联。

明代唐寅的《桃花庵》（见“诗例微评”：唐伯虎《桃花庵》）及《花月吟效联珠体十一首》等都是妙趣横生的联珠诗。唐寅把自己的作品直接写明是“联珠体”，可见明代文人对这一诗体之熟稔。

若按照诗、词、曲、谣的分类，联珠诗还包括联珠词、联珠曲、联珠谣。元代乔吉的散曲《［越调］小桃红·效联珠格》，就是联珠曲：

落花飞絮隔朱帘，帘静重门掩。
掩镜羞看脸儿渐女，渐女眉尖。
眉尖指屈将归期念，念他抛闪。
闪咱少欠，欠你病厌厌。

此曲采用联珠格写一位在深闺中的少妇思念丈夫，着重刻画其心理活动，十分生动传神。

堆絮体诗："堆絮"原本是"堆翠"

清代词曲家万树创造了一种叫"堆絮体"的诗，后继者众。它像联珠体，又像叠字体；它有顶针的味道，也有叠句的特点，但它又不全是。它只是在诗中间隔地出现叠句手法，但这手法的运用却造成了与众不同的形式和独特的韵趣。

先来看看**万树**这首《苏幕遮·离情》吧：

彩分鸾，丝绝藕。且尽今宵，且尽今宵酒。
门外骊驹声早骤，恼杀长亭，恼杀长亭柳。
倚秦筝，扶楚袖。有个人儿，有个人儿瘦。
相约相思须应口，春暮归来，春暮归来否？

我们看到，这首诗的每一节最后两句除了末尾一个词（一个字）不同，其他字全是重复的。如果撇开诗意只从字面看，确实如同"堆絮"一般啰嗦，但当我们进入诗境，想象着一位思妇望见门外驻马长嘶，一声声穿过长亭，她是多么忧恼，多么盼望心上人早日归来，这时你还会觉得这"春暮归来，春暮归来否"的期盼之语是絮絮叨叨的啰嗦么？前面一句"春暮归来"是直呼，后面一句"春暮归来否"虽然只增加了一个虚词"否"，意思却进了一层，即又担心他不会归来。这是思念至极的心语。应该说，此刻我们不但不觉得这是啰嗦，还会觉得这种表达比起单用一个"春暮归来"感情更为强烈。

所以，这里所谓"堆絮"其实是"堆翠"，即是精彩之语的叠加！

堆絮体为万树首创，所以又叫"万树体"。此后，其他诗人所写的堆絮体基本上没有超出这种诗格的，但在意境上往往会有各自的特色。如清代词曲家**吴承勋**的《鬓云松令·叠字词》：

掩纹纱，开宝鼎。一树梧桐，一树梧桐影。
络纬啼烟秋欲暝。翠玉楼前，翠玉楼前井。
风衾寒，鸳帐冷。好梦无端，好梦无端醒。
离别团圆今夜并。愁依阑干，愁依阑干等。

吴承勋把这首诗叫"叠字词"，其实是堆絮体。将其与上面万树的那首比较，两首都是从思妇的角度取材立意，不同的是万树只写了一个场域，吴承勋写了两个场域。上片思妇没有出场，只写黄昏萧索的景色，但与下片联系起来便能感到思妇的孤单、寂寞、哀愁。下片写思妇做梦的情景，梦中与丈夫团聚，好梦无端的来、无端的去，这样的"好梦"醒来后更让人不能复睡，只能愁依阑干，苦苦等候。诗中每一个叠句的运用，都如同迭棉堆絮，层层加重闺妇的怨愁。如此一咏三叹，令人顿生同情之心。

堆絮体不太适合用于壮阔意境的营造和奔放情感的表达，而比较适合用于细腻情感的描摹和缠绵低婉语气的抒写。所以，它天生属于词曲一类。清代女词曲家**吴藻**的《苏幕遮》，便是堆絮体的佳妙之作：

曲栏干，深院宇。依旧春来，依旧春又去。
一片残红无著处，绿遍天涯，绿遍天涯树。
柳絮飞，萍叶聚。梅子黄时，梅子黄时雨。
小令翻香词太絮，句句愁人，句句愁人处。

你看，深院春色，寂寞来去，韶华匆匆。一片残红尚无著处，转眼间一载绿色又将过，柳絮飘散，萍叶积聚，梅子黄时雨……着眼处，无处不惹愁，句句是闲愁，连这笔下的小令也都是化不开的愁句。一种哀哀欲绝的凄苦氛围，被作者一层层“堆”了出来。

当今诗人熊东遨说得好：作“堆絮”不难，难在堆一字见一番意，如海上波澜，前翻后滚，往复回环，连绵不断也。不然，“堆絮”便成“堆砌”，有何意味？

回文诗：往复回环皆可读

回文诗，也叫回环诗、回文体，是我国古典诗歌中一种较为独特的体裁。它是根据汉语特有的一种使用词序回环往复的修辞方法进行创作的诗歌。唐代学者**吴兢**《乐府古题要解》的释义是："回文诗，回复读之，皆歌而成文也。"上官仪说，"诗有八对"，其七曰"回文对"，"情新因意得，意得逐情新"。

回文诗充分展示并利用了汉语以单音节语素为主和以语序为重要语法手段这两大特点，读来回环往复，绵延无尽，给人以荡气回肠、意兴盎然的美感。

回文诗始于何时？有的认为始于三国时期曹植的"镜铭"，有的认为始于东晋殷仲堪的"酒盘铭"，更多的人认为始于前秦苏蕙的"织锦璇玑图"，至今说法不一。不过，回文形式自晋代起很盛行是肯定的，而且常与其他文体交叉混用。人们用这种手法造句、写诗、填词、度曲，又细分为回文诗、回文词和回文曲。

回文诗在创作手法上，突出地承继了诗歌反复咏叹的艺术特色，可达到其"言志述事"的目的，并能产生强烈的回环叠咏的艺术效果。有人曾把回文诗当成一种文字游戏，或雕虫小技，不是完全没有道理，回文诗中确实不乏游戏之作，但也有不少颇见遣词造句的功力与生活理趣的作品。清代学者**刘坡公**《学诗百法》言："回文诗反复成章，钩心斗角，不得以小道而轻之。”

回文诗有“单句回文”“双句回文”“全篇回文”“叠字回文”“环复回文”等多种样式。

（1）“单句回文”：是第二句在第一句顺读的基础上转为逆向组合。如**苏轼**的《菩萨蛮》：

峤南江浅红梅小，
小梅红浅江南峤。
窥我向疏篱，
篱疏向我窥。
老人行即到，
到即行人老。
离别惜残枝，
枝残惜别离。

此诗欲抑先扬，前四句写乐景，缠绵柔丽，后四句写悲情，凄凄戚戚。诗中那位隔着小梅红的篱笆深情偷窥的江南女子何等娇柔可爱，而别离的愁苦又是何等凄伤！“老人行即到，到即行人老。离别惜残枝，枝残惜别离”这些看来颠来倒去的诗句，细细品味，颇具生活哲理。

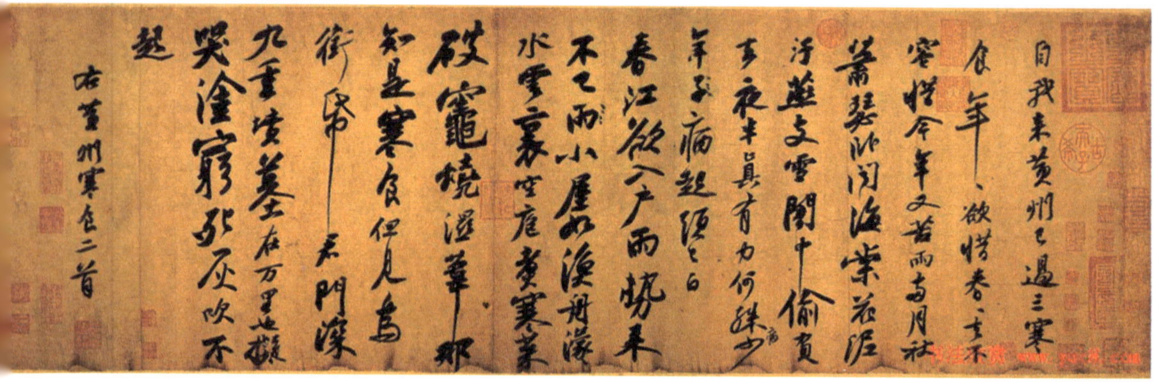

［宋］苏轼《黄州寒食帖》（二首五言诗）

清代大词人**纳兰性德**（1655—1685）也有单句回文词《菩萨蛮》三首，其一云：

雾窗寒对遥天暮，
暮天遥对寒窗雾。
花落正啼鸦，
鸦啼正落花。
袖罗垂影瘦，
瘦影垂罗袖，
风剪一丝红，
红丝一剪风。

以“寒窗雾”“天暮”“落花”“啼鸦”“袖罗”“影瘦”“一丝红”“一剪风”等凄冷萧瑟的意象反复渲染，怎一个“愁”字了得！

（2）“双句回文”：其特点是每两句成一组，后两句是前两句的回读（倒读），自始到终皆如此。如南朝梁简文帝**萧纲**（503—551）的《咏雪》：

盐飞乱蝶舞，花落飘粉奁。
奁粉飘落花，舞蝶乱飞盐。

此诗以“飞盐”“舞蝶”“奁粉”“落花”四个意象状写雪的洁白之色、轻盈之态，除奁粉外，其他三个意象词序颠倒，词性变化，偏正结构变为主谓结构，摹写物态由静转动，使得全诗静中有动，动中有静，可谓佳妙。

（3）“全篇回文”：就是从末尾一字读至开头一字另成一首新诗。全诗中字句顺读、逆读均可，不仅都合韵律，且均有意味。此类回文诗颇多。宋朝**李禺**（生卒不详）写了一首夫妻对答的《两相思》回文诗，十分有名。正读是“夫思妻”，极道思念家中妻儿之苦：

枯眼望遥山隔水，往来曾见几心知？
壶空怕酌一杯酒，笔下难成和韵诗。
途路阻人离别久，讯音无雁寄回迟。
孤灯夜守长寥寂，夫忆妻兮父忆儿。

倒读变成“妻思夫”：

儿忆父兮妻忆夫，寂寥长守夜灯孤。
迟回寄雁无音讯，久别离人阻路途。
诗韵和成难下笔，酒杯一酌怕空壶。
知心几见曾来往，水隔山遥望眼枯。

顺读倒读，作者的身份、语气、居地等亦随之变化，均感情含蓄蕴藉，真切深沉。

（4）“叠字回文”：就是回文中有叠字。这类诗有多种形式：一字重叠；二字重叠；三字重叠；四字重叠……前面介绍的**苏东坡**寄给**秦少游**的《采莲》诗，就是四字重叠。清代女诗人**吴绛雪**《咏四季》，一组四首也属于叠字回文（见“诗例微评”：吴绛雪《咏四季》）。

说实话，这种鳞叠连环体要做到形意俱美很费脑力，一般初学者不易做到。有的作者也把这类诗用图形排列。例如，阿青以《禅》为题所试十个字的叠字连环诗，即“涯天落蝶化诗茶恋僧家”，排列如下：

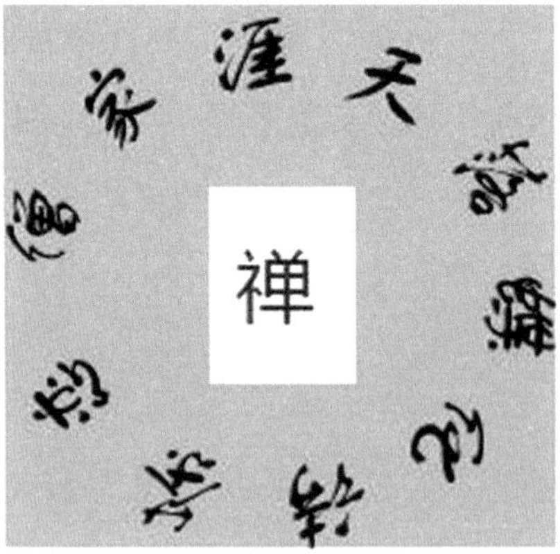

这十个字可读出一首七言回文：

涯天落蝶化诗茶，
蝶化诗茶恋僧家；
家僧恋茶诗化蝶，
茶诗化蝶落天涯。

此诗大意：这眼前的诗与茶分明是飘落于天际的蝴蝶所化；而这由蝴蝶所化的诗茶又偏偏钟情于僧家；这坐禅于家中的僧人也恰好喜欢品茗和作诗，其诗作就是那庄子梦中灵性的蝴蝶；其时，由茶诗幻化而来的蝴蝶正向天涯飘去……这是否也有一种禅意、禅境与禅味？

回文诗可以从多种角度进行分类。从诗句的字数上，可分为三言、四言、五言、六言、七言等；从介质上分，有盘中诗、葫芦诗、织锦诗等。后者亦可独立成类。

璇玑图诗：玄妙有致，千变万化

璇玑图诗，既是专指前秦**苏蕙**的一首织锦《璇玑图诗》，也可理解为由此诗造成的一种独特的文体。它有回文诗的特点，即能够回环往复，正读倒读皆成章句；又有超出回文诗的地方。它是有形有色的"图诗"，可按排列形状和色彩解读。这是中华文化独有的一朵诗歌奇葩，也是古代妇女于幽怨暗恨时的苦心之作，甚至可以说是呕心沥血之作，当然也是智慧之作。迄今，以奇巧多变、文采斐然而著称的，当首推苏蕙的《璇玑图》。朱存孝《回文类聚序》云："自苏伯玉妻《盘中诗》为肇端，窦滔妻作《璇玑图》而大备。"

苏蕙(生卒不详)，又名苏若兰。清代画家、诗人金古良的《无双谱》里有她的画像。被《无双谱》所绘的都是项羽、苏武、李白、司马迁等举世无双的人物及其事迹。苏蕙的织锦《璇玑图诗》可以说是中国古代女子才情与苦难的象征。

据《晋书》记载，苏蕙之夫窦滔在前秦为官，不幸被徙流沙，苏蕙因极度思念丈夫，故创制此诗于织锦。此诗纵横各 29 字，总共为 841 个字位，但台北故宫博物院收藏的《璇玑图》中心是空着的，实际只有 840 字（见附图)，可顺读、反读、横读、斜读、交互读、蛇行读、退一字读、叠一字读、间一句读、左右旋读，皆成诗词，构思奇巧，旷古绝后。每首诗节奏明快，对仗工整，韵律和谐，如诉如

[清] 沈铨《苏蕙画像·镜心》

怨，情真意切。从中能得出三、五、六、七言诗若干首。宋代高僧起宗把璇玑图分解为七个分图，读得3572首；后来明代学者康万民苦研一生，读得4206首，与其弟康禹民撰写了《璇玑图读法》一书；乾隆四十六年，扶风知事熊家振撰修的扶风县志，言其读诗达9858首；据说最近有人通过计算机读出2万余首。破读之诗，精彩备至。伤感处，催人泪下；愉快处，使人破涕而笑。真可谓妙手天成。

苏蕙的织锦《璇玑图诗》，后落入唐朝武则天之手，武则天曾为这首图诗写序（见“诗例微评”：武则天《织锦回文记》），赞其“纵横反复，皆成章句。其文点画无缺，才情之妙，超今迈古”。据序中追述：苏蕙二十一岁时，苻坚正在南图灭亡东晋，想到窦滔文武才略，起用他为安南将军。随苻坚之子尚书令苻丕攻占东晋襄阳。时窦滔宠爱歌舞妓赵阳台，此事被留在家乡的苏蕙得知，悲愤哀怜，月夜空帐，孤寂怨恨，愁肠百结，吟诵成诗。情丝绵绵织绣成八百余字的锦绣回文图，名曰《璇玑图》，寄于负心的窦滔。窦滔读到这些情意真挚悲切的诗文，良心发现，痛恨自己行为之不检，遣离情妇赵阳台归关中；具备车舆礼邀迎接苏蕙到襄阳，从此夫妻情好如初。这一年是苻坚攻克襄阳的前秦建元十五年，《璇玑图》也当织绣于此时，至今已有1644年矣。

从织锦《璇玑图》看，苏蕙的才华不在后世**李清照**之下，只可惜保存下来的诗作太少了。但仅一篇回文织锦《璇玑图》就惊倒了天下文人。宋代著名诗人苏轼、黄庭坚、秦观等都为此诗撰写题跋。苏轼不但写了《题织锦图》《再次上韵三绝》，还拟织锦图进行创作。黄庭坚作诗称赞织锦图：“千诗织就回文锦，如此阳台暮雨何？亦自英灵苏蕙子，只无悔过窦连波……”

历代不少有才之士纷纷模仿《璇玑图》，创作了大量“拟璇玑图诗”，以与苏蕙平分秋色；但最终仅有**苏轼**的一首《反复诗》（见“诗例微评”：苏轼《反复诗》），可与《璇玑图》比肩，其余均不可并提。

下面是苏蕙的织锦《璇玑图》全文：

琴	清	流	楚	激	弦	商	秦	曲	發	聲	悲	摧	藏	音	和	詠	思	惟	空	堂	心	憂	增	慕	懷	慘	傷	仁
芳	廊	東	步	階	西	遊	王	姿	淑	窈	窕	伯	邵	南	周	風	興	自	後	妃	荒	經	離	所	懷	嘆	嗟	智
蘭	休	桃	林	陰	翳	桑	懷	歸	思	廣	河	女	衛	鄭	楚	樊	厲	節	中	闈	淫	遐	曠	路	傷	中	情	懷
離	翔	飛	燕	巢	雙	鳩	土	迤	逶	路	遐	誌	詠	歌	長	嘆	不	能	奮	飛	妄	清	幃	房	君	無	家	德
茂	流	泉	清	水	激	揚	眷	頎	其	人	碩	興	齊	商	雙	發	歌	我	哀	衣	想	華	飾	容	朗	鏡	明	聖
熙	長	君	思	悲	好	仇	舊	蕤	葳	粲	翠	榮	曜	流	華	觀	冶	容	為	誰	感	英	曜	珠	光	紛	葩	虞
陽	愁	嘆	發	容	摧	傷	鄉	悲	情	我	感	傷	情	征	宮	羽	同	聲	相	追	所	多	思	感	誰	為	榮	唐
春	方	殊	離	仁	君	榮	身	苦	惟	艱	生	患	多	殷	憂	纏	情	將	如	何	欽	蒼	穹	誓	終	篤	誌	貞
牆	禽	心	濱	均	深	身	加	懷	憂	是	嬰	藻	文	繁	虎	龍	寧	自	感	思	岑	形	熒	城	榮	明	庭	妙
面	伯	改	漢	物	日	我	兼	思	何	漫	漫	榮	曜	華	雕	旌	孜	孜	傷	情	幽	未	猶	傾	苟	難	闈	顯
殊	在	者	之	品	潤	乎	愁	苦	艱	是	丁	麗	壯	觀	飾	容	側	君	在	時	巖	在	炎	在	不	受	亂	華
意	誠	惑	步	育	浸	集	悴	我	生	何	冤	充	顏	曜	繡	衣	夢	想	勞	形	峻	慎	盛	戒	義	消	作	重
感	故	暱	飄	施	愆	殃	少	章	時	桑	詩	端	無	終	始	詩	仁	顏	貞	寒	嵯	深	興	後	姬	源	人	榮
故	遺	親	飄	生	思	愆	精	徹	盛	醫	風	比	平	始	璇	情	賢	喪	物	歲	峨	慮	漸	孽	班	禍	讒	章
新	舊	聞	離	天	罪	辜	神	恨	昭	盛	興	作	蘇		璣	明	別	改	知	識	深	微	至	嬖	女	因	奸	臣
霜	廢	遠	微	地	積	何	遐	微	業	孟	鹿	麗	氏	詩	圖	顯	行	華	終	雕	淵	察	大	趙	婕	所	佞	賢
水	故	離	隔	德	怨	因	幽	元	傾	宣	鳴	辭	理	興	義	怨	士	容	始	松	重	遠	伐	氏	好	恃	兇	惟
齊	君	殊	喬	貴	其	備	曠	悼	思	傷	懷	日	往	感	年	衰	念	是	舊	愆	涯	禍	用	飛	辭	恣	害	聖
潔	子	我	木	平	根	嘗	遠	嘆	水	感	悲	思	憂	遠	勞	情	誰	為	獨	居	經	在	昭	燕	輦	極	我	配
誌	惟	同	誰	均	難	苦	離	戚	戚	情	哀	慕	歲	殊	嘆	時	賤	女	懷	歡	網	防	青	實	漢	驕	忠	英
清	新	衾	陰	勻	尋	辛	鳳	知	我	者	誰	世	異	浮	寄	傾	鄙	賤	何	如	羅	萌	青	生	成	盈	貞	皇
純	貞	誌	壹	專	所	當	麟	沙	流	頹	逝	異	浮	沈	華	英	翳	曜	潛	陽	林	西	昭	景	薄	榆	桑	倫
望	微	精	感	通	明	神	龍	馳	若	然	倏	逝	惟	時	年	殊	白	日	西	移	光	滋	愚	讒	漫	頑	兇	匹
誰	雲	浮	寄	身	輕	飛	昭	虧	不	盈	無	倏	必	盛	有	衰	無	日	不	陂	流	蘮	謙	退	休	孝	慈	離
思	輝	光	飭	粲	殊	文	德	離	忠	體	壹	違	心	意	誌	殊	憤	激	何	施	電	疑	危	遠	家	和	雍	飄
想	群	離	散	妾	孤	遺	懷	儀	容	仰	俯	榮	華	麗	飾	身	將	無	誰	為	逝	容	節	敦	貞	淑	思	浮
懷	悲	哀	聲	殊	乖	分	聖	貲	何	情	憂	感	惟	哀	誌	節	上	通	神	祇	推	持	所	貞	記	自	恭	江
所	春	傷	應	翔	雁	歸	皇	辭	成	者	作	體	下	遺	葑	菲	采	者	無	差	生	從	是	敬	孝	為	基	湘
親	剛	柔	有	女	為	賤	人	房	幽	處	己	憫	微	身	長	路	悲	曠	感	生	民	梁	山	殊	塞	隔	河	津

苏蕙为何把这一锦缎命名为“璇玑图”？原来“璇玑”二字指天上的北斗星。之所以取名“璇玑”可能因为这幅织锦图上的文字，排列得像天上的星辰一样玄妙而有致，知之者可识，不知者望之茫然，似乎还暗示她对丈夫的感情深不可测。

《璇玑图》为一块八寸见方的锦缎手帕。原锦缎图为五彩丝线织绣，但色彩布局已无可考。后人对其色彩有多种推测性设计。清代著名文学家**李汝珍**在小说《镜花缘》中将此“璇玑图”设计为红、绿、紫、黄、黑、蓝六色，有的研究者将其设计为七色。

上图为笔者在前人所作图形基础上稍加修饰的五彩图。古代所说的五彩是指青、黄、赤、白、黑五色，但锦缎底色是什么颜色不得而知，若底色为白色，那么丝线就不可能再用白色。这就给后人留下了想象空间。

笔者所取此图的外围与内部井字图案是红字；四角纵横皆六字，为黑色；上下两方纵六横十三和左右两方纵十三横六字各为绿色字；空心之上下两方纵二横二，为黄色。原图的中心无字，是空的，似乎寄寓了“空心”之意，后人根据理解和推测，加上“心”字（是否需要加上“心”字，值得讨论）。其实，此诗是否添补“心”字，皆能纵横回旋，反复逆顺读成章句，可组成三、四、五、六、七言诗。

关于《璇玑图》的读法，相传初时只有苏蕙夫妻能读。武则天《织锦回文记》有：“苏氏笑而谓人曰：徘徊宛转，自成文章，非我家人，莫之能解。”对《璇玑图》的读法，历代都有探新，不断增加诗的首数。这里，我们很难把所有解读《璇玑图》的诗作都一一列出来，只能略举数例。

仅就锦缎手帕上四边红字可得多首七言诗（每缩一字又得一诗）：

琴清流楚激弦商，秦曲发声悲摧藏。
音和咏思惟空堂，心忧增慕怀惨伤。

清流楚激弦商秦，曲发声悲摧藏音。
和咏思惟空堂心，忧增慕怀惨伤仁。

仁智怀德圣虞唐，贞妙显华重荣章。
臣贤惟圣配英皇，伦匹离飘浮江湘。

智怀德圣虞唐贞，妙显华重荣章臣。
贤惟圣配英皇伦，匹离飘浮江湘津。

刚柔有女为贱人，房幽处己悯微身。
长路悲旷感生民，梁山殊塞隔河津。

芳兰雕茂熙阳春，墙面殊意感故新。
霜水齐洁志清纯，望谁思想怀所亲。

在七言诗之外，前人所译其他各体诗词亦有众多，现列举几首如下：

诗情明显怨，怨义兴理辞；
辞丽作比端，端无终始诗。

邵南周风，兴自后妃。
卫郑楚樊，历节中闱。
咏歌长叹，不能奋飞。

曜流华观，冶容为谁？
情微宫羽，同声相追。

嗟叹怀，所离经。
遐旷路，伤中情。
家无君，房帏清。

华饰容，朗镜明。
多思感，谁为荣？

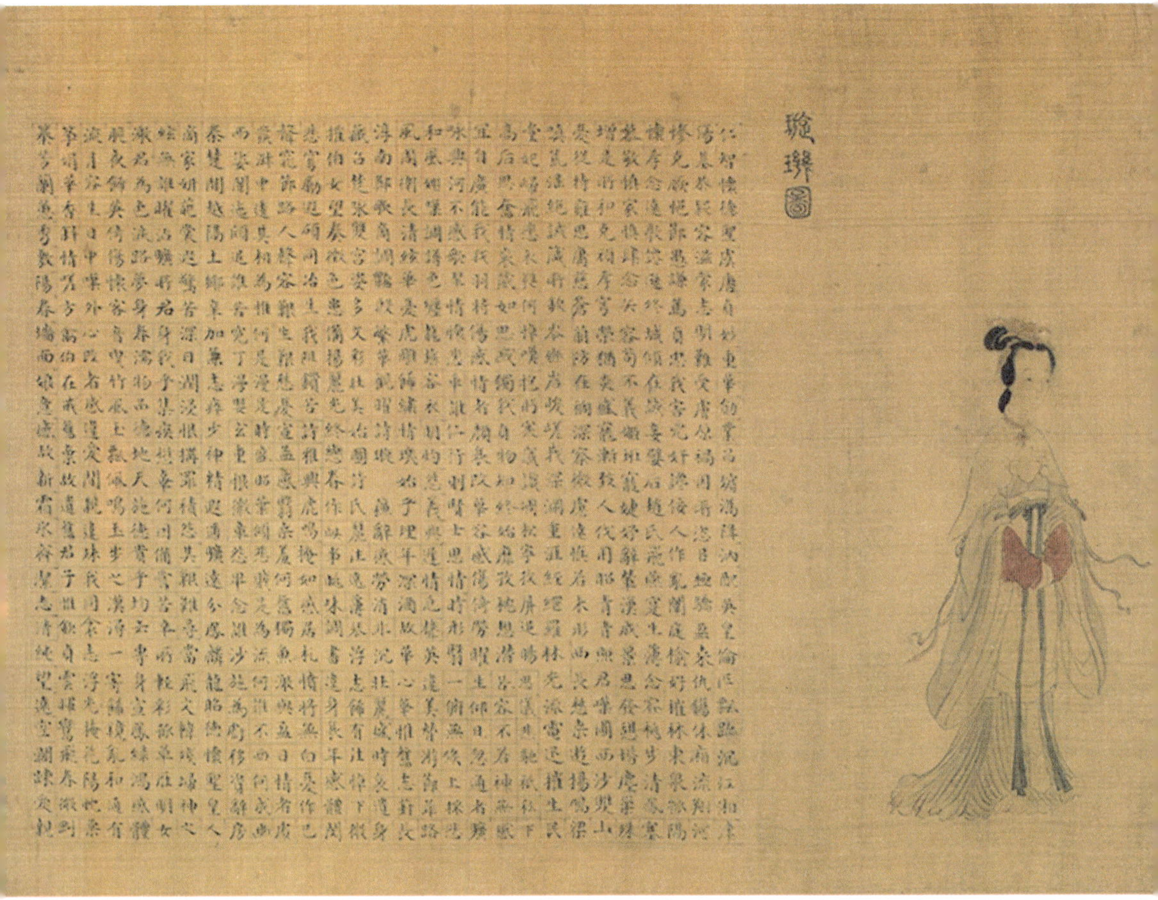

璇玑图之一种

能够创造如此惊世之作的诗人，绝不可能没有其他精彩之作。多才多艺的苏蕙也是一位多产的女诗人，除《璇玑图》诗文外，她还有诗著五千多首，可惜后经隋末丧乱，都已散佚，无人搜集，惟回文锦经历代文人传抄不断，保留至今。遗憾之余，不得不庆幸苏蕙的《璇玑图》为中国文学史涂上浓墨重彩的一笔。

苏蕙的织锦《璇玑图诗》可以视为回文诗的一种特殊形式，也可以当作一种独立的诗体（何况后世出现了大量“拟璇玑体”）。这正如屈原的《天问》，既是古代歌行体，也被当作一种独立的诗体——“天问体”。璇玑图诗不同于一般回文诗的地方是：它不但跟一般回文诗一样，可以顺读、倒读，还有纵向读、交互读、斜读、退一字读、迭一字读、七七棋盘格读等众多读法；除了文字，还可以通过图形和色彩来表达感情，形成多重诗趣。

盘中诗："味"从中央漫四角

盘中诗，顾名思义，是写于盘中的诗。读时须从中央起，回环盘旋而至于四角。现存最早的一首盘中诗，为汉代苏伯玉之妻所作。苏伯玉是一位出使蜀国的官吏，因久出不归，远在长安家中的妻子便将一首表达思念之情的诗写于盘中寄给他，以唤起他的归心。由于此诗内容感人至深，表达方式特殊，广为流传，被收入《四库全书》。古今许多名人如唐代著名诗人王勃、宋代文学家桑世昌、清代学者沈德潜、纪昀（纪晓岚）以及现代文学家郑振铎、郭沫若等对此诗都有评论。

苏伯玉妻（生卒不详）所作盘中诗全文如下：

山树高，鸟鸣悲。
泉水深，鲤鱼肥。
空仓雀，常苦饥。
吏人妇，会夫希。
出门望，见白衣。
谓当是，而更非。
还入门，心中悲。
北上堂，西入阶。

急机绞，杼声催。
长叹息，当语谁。
君有行，妾念之。
出有日，还无期。
结巾带，长相思。
君忘妾，天知之。
妾忘君，罪当治。
妾有行，宜知之。
黄者金，白者玉。
高者山，下者谷。
姓者苏，字伯玉。
作人才多知谋足。
家居长安身在蜀。
何惜马蹄归不数。
羊肉千斤酒百斛。
令君马肥麦与粟。
今时人，直四足。
与其书，不能读。
当从中央周四角。

诗中有几处文字，不同版本有所不同（如“鸟啼悲”，一作“鸟鸣悲”；“杼声催”，一作“抒声催”；“直四足”，一作“智不足”；“未知之”，一作“天知之”等）。因意思无明显差异，故不在此讨论。

据纪昀说，此诗只传下来上述文字，当时是如何排列，没有原图。一些书上所收之图，都是后人根据诗中“当从中央周四角”一句复原而成。

各种复原图，大体不出由中央往四周环绕的思路，但具体排列起来还是有些差异。形状上，有正方形、正圆形之分（清代郑板桥也是按圆形排列的，见附录）；读法上，有按顺时针和逆时针之别，还有按顺时针与逆时针交替排列的；字头，有全部向上的，也有朝不同方向的。字数上，常见的版本是168字，也有167字的版本（比前者少了一个“作”字）。笔者（本文作者阿青）尝试按常见的168字版本，排列成正方形，字头一律朝上，中间空一个字。读的时候，需按顺时针与逆时针交替旋转进行。

现将几种复原图展示如下：

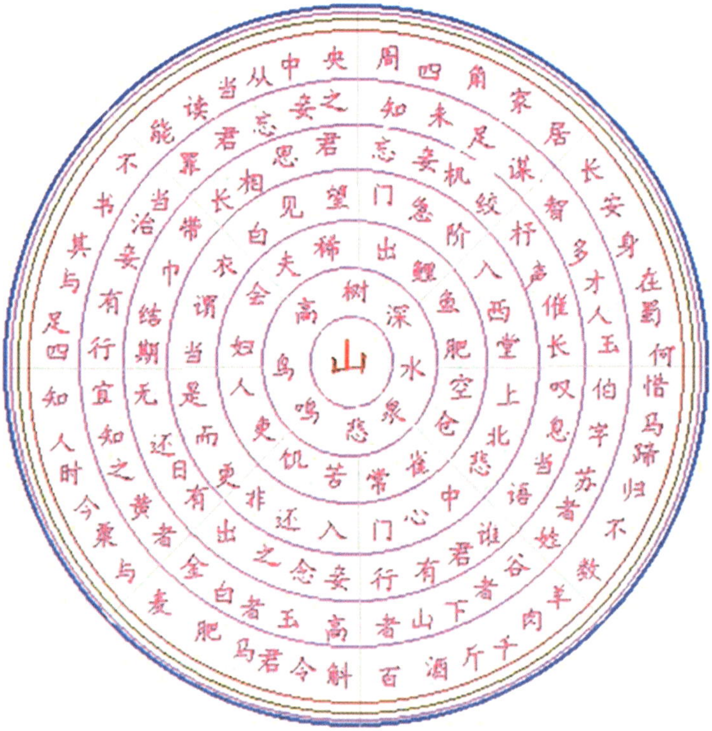

（图一）

（图二）

从	当	读	能	不	书	其	与	足	四	直	人	时
中	妾	忘	君	罪	当	治	妾	有	行	宜	知	今
央	之	相	长	带	巾	结	期	无	还	日	之	粟
周	知	思	望	见	白	衣	谓	当	是	有	黄	与
四	未	君	门	夫	会	妇	人	吏	而	出	者	麦
角	妾	忘	出	稀	山	树	高	饥	更	之	金	肥
足	谋	急	阶	深	水		鸟	苦	非	念	白	马
家	知	机	入	鲤	泉	悲	啼	常	还	妾	者	君
居	多	绞	西	鱼	肥	空	仓	雀	入	行	玉	令
长	才	杼	堂	上	北	悲	心	中	门	有	高	斛
安	人	声	催	长	叹	息	当	语	谁	君	者	百
身	作	玉	伯	字	苏	者	姓	谷	者	下	山	酒
在	蜀	何	惜	马	蹄	归	不	数	羊	肉	千	斤

（图三）

图一排成圆形，看起来比较美观，可以作为盘中诗的一种形式出现，但与这首特定的盘中诗所提示“周四角”的意思不能吻合，《四库全书》编撰者之一的纪昀以史料为据明确指出：“实方盘而非圆盘。”此外，如此排列，最外两圈的字数不成比例，不能对称呈现。

图二是郭沫若在常见版本168字基础上增补了一个“氏”字，为169字，排列成正方形。此图符合“周四角”的提示，但毕竟增加了一个字，有损原汁原味。

图三是笔者按常见版本168字所作复原图，意在保留原文原意。也许有人认为中心空了，并不完美；可笔者理解，唯有如此，方能揭示出此诗深藏不露的含义（稍后还要具体说）。

从文体上讲，盘中诗作为一种特殊的诗体，不同于其他形趣诗的地方不仅是写于盘中，更重要的是它的独特读法（即排列方式）。盘中诗既不像通常的诗歌从上而下读，也不像回文诗倒着读。它必须从中央读起，回环盘旋而至于四角，这样才能读成一首诗，才能读出诗意诗味。味从中央漫四角，是盘中诗独有的特点。

这首诗还有回文诗的特点，即主体部分（从开头到“家居长安身在蜀”句）皆可倒读。

从流传的角度讲，这首诗被流传绝不只是因为它的形式特殊。形式特殊固然是一个因素，但更是由于它具有感人肺腑的思想内容与惊人的语言表现力。

这是一首非常纯朴、坦诚而热烈的征妇诗。诗的开端“山树高……常苦饥”一段，是以自然景物起兴，表达了一种心有希冀而不能达成的痛楚和无可奈何的情绪。接着，“吏人妇，会夫稀”直抒聚少离多、孤单失望的心情。

接下来，“出门望……当语谁”一段，更是把读者带入思夫的具体情状之中。作者写自己天天盼望丈夫归来，以至神情恍惚，竟然把一个穿白衣的男子认作自己身穿官服（白衣服）的丈夫，但仔细看看并不是，于是在失望之时怏怏入门，兀自伤悲。即便如此，她还是强忍忧伤，"北上堂，西入阶"，来到织布房，借奋力劳作来驱散心中之苦，但"急机绞，杼声催"，即在烦乱的心绪之下，织布机似乎也不听使唤，于是伤感不已，只能伴随织机声声"长叹息"而不知"当语谁"（与谁诉说）。这是此诗写得最传神最凄楚的一段文字。

"君有行……下者谷"一段，用两两对照和比喻的手法，表达自己对爱情的忠贞和对丈夫久别不归的疑虑。怀念、疑虑、怨恨、誓言，句句恳切，字字直戳人心。作者写道：想到夫君外出，自己在家刻骨铭心地思念着他，但外出的人是否也想着自己呢？在"出有日，还无期"的长长不归中，她似乎有一种可能被抛弃的预感，于是斩钉截铁地说"君忘妾，未知之。妾忘君，罪当治。妾有行，宜知之。"这是对丈夫的遥相质问，也是对自己一片痴情的表白。后面"黄者金，白者玉。高者山，下者谷"的诗句是以自然意象作比喻，以"日月可鉴"的情感逻辑直撞丈夫心扉。诗中的情感表达逐渐由隐转明。

下面"姓者苏……令君马肥麦与粟"，就是直接呼告丈夫的一段文字。意思是说，伯玉呀，你才华出众，足智多谋，家在长安，只身在蜀，为什么要爱惜你的马，不驱马回来呢？快一点回来吧，我将准备千斤羊肉百斛酒，举行盛大的家宴欢迎你、慰劳你，也将准备充足的麦与粟，把你的马喂得肥肥的。此中有赞颂，有责备，有许诺，感情复杂而炽热，思夫之情达于高潮。诗写到这里也可以结束了。

然而，最后还写了三句，即"今时人……当从中央周四角"一段。从字面上看，是告诉丈夫如何读懂这首诗，后人把它作为这首"盘中诗"的自注，可以说是一个别样的结尾。

这里，笔者还要着重说说这最后三句。有人认为，这个结尾可能是后人怕人们读不懂加注在文末的。对此，笔者有不同看法。这三句，除了表面上说如何读懂这首诗之外，联系全文 168 个字的篇幅看，如果去掉这 19 个字，就无法排列成完美的"周四角"图形。或许又有人会说，保留这 19 个字，要形成正方形也还少一个字。是的，正因为如此，笔者就尝试让中间空出一个字来。这样复原排列，“心空”意义就被揭示出来，即它让丈夫领会到妻子失望到“心空”的程度了。这里有唐代诗人刘言史《赠童尼》诗中“今日空心是冷灰”的意味。所以，作者才特别强调要从中央读到四周。可见，这三句的意义已不仅仅是指引人读懂这首诗，还有总结和升华全文的作用。再说，如果用第一个字“山”将中心填实，未必恰当。因为“山”并不含有这首盘中诗的主旨。不像宝塔诗，居于塔尖的那个字，往往寓含着作者所要表达的主旨。其实，以图形排列的方式来补充诗意，也符合汉魏六朝隐逸风气下“智人颇喜弄滑稽，作隐语”（郑振铎语）的特点。当时和后来的许多形趣诗，包括拆字诗、会意诗、神智诗、图形诗等都是以缺笔少画、特殊字形和图形以及巧妙的排列方式来补充和暗示诗意的。应该说，盘中诗的出现也是中国古代女性诗人灵慧巧思的一种表现。

此外，这首诗大多为三字句。三字句多用于歌谣体，语气急促，一般不容易表现委婉缠绵的情绪，但此诗用于表现出门望夫夫不归所产生的躁动不安的心绪和强烈的思怨，倒也恰到好处。加上它不用典，不雕饰，接近口语，略带几分歌谣味，这又与劳动妇女的身份非常贴近，情辞相切，别具一格。这些都证明作者苏伯玉妻是一个很聪慧的女性。她想通过不同于一般的书写与传递工具（盘子），不同于一般的文字排列方式，以获得一种打动丈夫心的综合效应。

如此精彩的盘中诗问世之后，自然会对后代诗歌创作产生影响，因而，效仿之人不少，也留下了出色之作。如《清诗别裁集》收录了一首文人创作的盘中诗：

木刻鸠，纸剪马。
飞山头，走山下。
露贯珠，纫为襦。
云裁衣，烂光辉。

是耶非，孰辨之。
六月桑，吐蚕丝。
冬之蒽，茁新枝。
尔所思，非其时。
素者发，丹者泪。
心恻恻，老已至。
骨肉残，风雨驶。
寸有长，尺有短。
双轮驰，不可挽。
我所急，天所缓。
击瓦鼓，声乌乌。
白云满天歌且呼，
歌周四角旋中区。

此诗作者**方登峄**（1659—1725）是清康熙时期工部主事，桐城派诗人。因受有名的"《南山集》案"牵连，全家被流放边疆卜奎（今齐齐哈尔）。"《南山集》案"是一起残酷的文字狱。起因是诗人戴南山在他的《南山集》（诗集）中引用了另一文人站在汉族立场上怀念前朝以示对清朝入主中原心怀不满的文字。这起文字狱受迫害者众多，核心人物戴南山被斩首，方登峄等上百人遭流放。但方登峄及其子在卜奎流放期间，仍不废诗文，创作了大量真实记录流人生活经历和卜奎风俗文化的诗歌。他的这首盘中诗，在展现北疆自然风光、生

产生活状貌和民俗风情的同时，透露了自己和家人遭受“骨肉残”之痛和流人生活的悲苦。从“木刻鸠”开始的四句，写北疆独特的民俗风情；“露贯殊”等六句，写当地云或衣难以分辨的奇特自然风光；“六月桑”以下十句，写桑蚕农事（其中“素者发，丹者泪”的意思是：那白色的蚕丝就是养蚕人的白发，那染红的蚕丝就是养蚕人的泪，养蚕人就是如此一天天变老）；“骨肉残”以下六句写蚕丝业中的相互倾轧；“我所急”至最后，写作者的无可奈何，只有借着那阵阵瓦鼓声对着苍天而呼。文字雄浑苍劲，精警动人，具有独特的审美意蕴。在卜奎三万多流人中，方登峄堪称边塞文化流人的代表。

《清诗别裁集》收录了这首盘中诗，但没有图形，后人根据诗末“歌周四角旋中区”一句，把它排列为中间空心的方形或圆形的，由外向里读。(此诗“中间空心”也是对笔者把苏伯玉妻盘中诗以“空心”方式排列的佐证。)

宝塔诗：抢眼最是“建筑美”

宝塔诗的雏形始见于隋朝。现在一般认为隋代僧人**释慧英**的《一三五七九言诗》是宝塔诗开山之作。之后，尤其是唐代，诗人们创作了大量精彩的宝塔诗。如著名大诗人**李白**《三五七言诗》（秋风清）、**白居易**的《诗》、**元稹**的《茶》、**张籍**的《春水曲》、**令狐楚**的《山》、**张南史**的《雪》《月》《泉》《竹》《花》《草》六首、王起的《花》、**李绅**(唐朝宰相）的《月》、**刘禹锡**的《莺》《水》、**魏扶**的《赋愁》、**杜光庭**的《怀古今》《纪道德》、**韦式**的《竹》，以及宋代**文同**的《咏竹》等，都是有名的宝塔诗佳作。

现代文学史上胡适、鲁迅、郭沫若、徐志摩、冰心等著名作家、诗人都为我们留下了宝塔诗的妙篇。

为什么宝塔诗始于隋代**释慧英**的《一三五七九言诗》，并集中出现在唐代？是不是与当时的佛教经文的形式有关？值得探讨。现在看到的多幅敦煌《宝塔心经》正是用宝塔形式排列的。且看 86 页图。

此图上的佛教经文以佛塔的形状排列，分为塔座、塔身和塔顶三部分，而塔身又分为五层，塔顶为经文题名，塔门绘有观世音菩萨立像。从观音菩萨左足下角的“观”字读起，沿虚线依次读之，最后心经结尾“婆诃”是收在观世音菩萨的右足下角。宝塔诗的文字排列与其颇为形似。

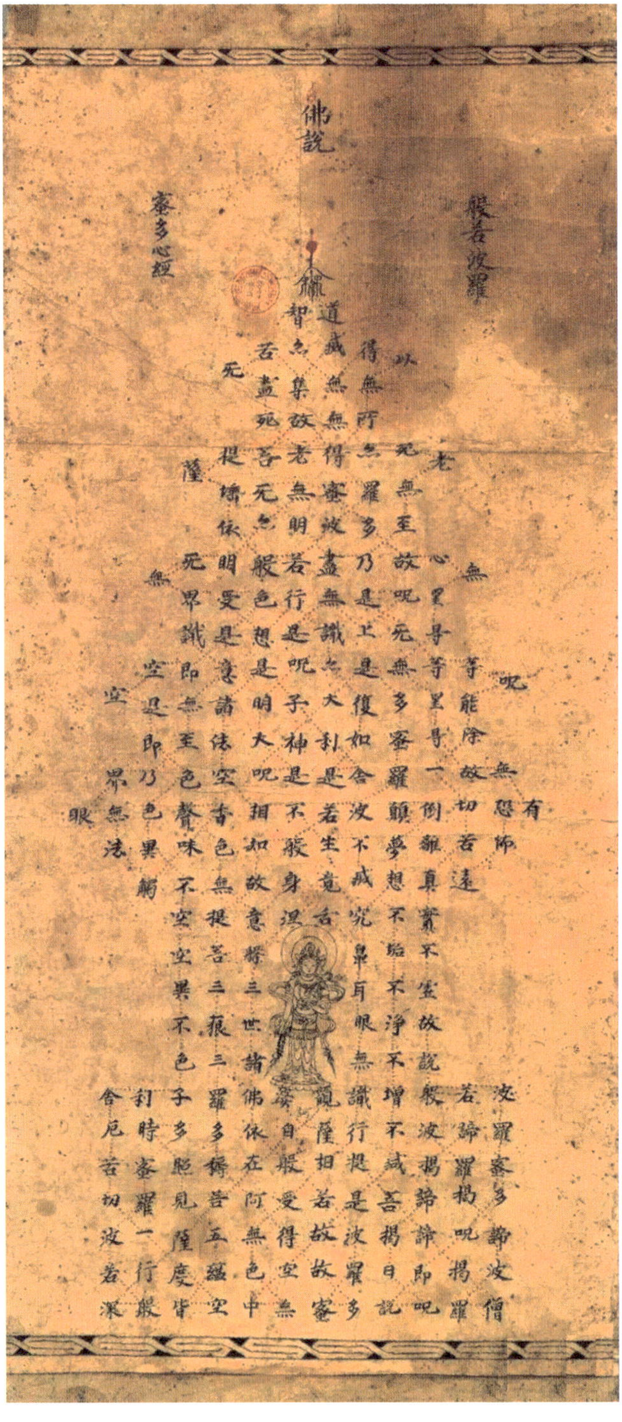

敦煌《宝塔心经》

宝塔诗，也叫宝塔词、尖塔诗。大都按一至七字逐行排列成等腰三角形，逐句成韵，称《一七令》（也被词牌收入）；也有叠两句为一韵的；还有多达十字甚至十五字的。不管多少字多少行，都是每句或每两句字数依次递增，上尖底宽，形如宝塔。往往起始的字，既为诗题，又为诗韵。由于每句字数不一，韵律节奏也每句不同。所以，不能把宝塔诗理解为将格律诗词按宝塔形式排列。格律诗词是无法排列成宝塔形式的。正因为宝塔形式对韵律有规制作用，它才成为一种独立的诗体。宝塔诗又有独塔诗（单塔诗）、双塔诗、倒影宝塔诗之分。

（1）独塔诗

鲁迅先生（1881—1936）的《兵》就是典型的独塔诗：

兵
成 城
大 将 军
威 风 凛 凛
处 处 有 精 神
挺 胸 肚 开 步 走
说 什 么 自 由 平 等
哨 官 营 官 是 我 本 分

这是鲁迅留学日本期间所作。他的同学沈瓞民回忆说：“东京成城学校是中国留学生学习陆军的预备学校，进成城读书的，一定要经中国留学生陆军监督审查批准，因此革命派的学生较少，保皇派很多，在东京满街乱跑，学成后，回国给清朝政府效劳。鲁迅看了很生气，在自修室里，曾写了些打油诗。”这首宝塔诗就是其中之一。此诗抓住那些未来清廷军官的那种自命不凡、神气活现的特点加以刻画。诗中“处处有精神，挺胸肚开步走”，给人一种自高自大、目空一切的印象。鲁迅用宝塔诗对这批人进行嘲弄和讽刺，鄙夷之情溢于言表！这与他的杂文一样，具有强烈的讽刺意味。

（2）双塔诗

双塔诗一般被排列成“双塔合璧”形式（如同两首宝塔诗并在一块），但内在结构上还是不可分拆的一首诗，左右两列是相互联系的，左边一列无需押韵，由右边一列完成押韵。且看，唐代诗人**元稹**（779—831）一首题为《月》的双塔诗：

月。
暂满，还缺。
伴晓风，映霜雪。
纵观世情，横看兴灭。
骚人迁客顾，锦文华章写。
独伴幽草含情，美盼山河绰约。
清光千年照古今，评说沧桑凌空珏。

全诗写月，起笔于月的命运（暂满还缺）、月的处境（伴晓风映霜雪），写出了月的孤凛之色；接着笔锋一转，点明月的性情品格：凌高空而“纵观世情，横看兴灭”，隐喻月在世间无上的地位以及脱俗的情操。诗人骚客对月当歌，才子名流为其锦文无数，但不要忘记月依然是月。她古朴清幽、多情怀柔，让无数风流人物卷笔疯狂。真所谓：“清光千年照古今，评说沧桑凌空珏”！此诗采用象征和人格化手法，意境高远，寄寓了诗人的清高之志。

有些作者会把双塔诗分开排列，如“两塔对峙”：

花，	花。
深浅，	芬葩。
凝为雪，	错为霞。
莺和蝶到，	苑占宫遮。
已迷金谷路，	频驻玉人车。

芳草欲陵芳树，　东家半落西家。
愿得春风相伴去，一攀一折向天涯。

这是唐代诗人**张南史**(749 年前后在世）所作，题目就是“塔尖”上的“花”字。此诗是他的《雪》《月》《泉》《竹》《花》《草》六首咏物宝塔诗中的一首。这六首诗也是其诗歌代表作。每首诗不但结构奇巧，而且能紧紧抓住所咏之物的特点，渐次展开，拓出不落俗套之深远意境。

值得注意的是：虽然分开排列为“双塔”形式，但读的时候，还是要左右两塔一起读。即按照以下顺序读：

花，
花。
深浅，
芬葩。
凝为雪，
错为霞。
莺和蝶到，
苑占宫遮。
已迷金谷路，
频驻玉人车。
芳草欲陵芳树，
东家半落西家。
愿得春风相伴去，
一攀一折向天涯。

唐代**元稹**《茶》、**张南史**《花》和**白居易**《诗》，这三首双塔诗被人们并称为“茶花诗”（见“诗例微评”：元稹《茶》、白居易《诗》），其艺术成就和对后世的影响可见一斑。

有人用“形式主义”一词来贬评宝塔诗，实为不公。这里要从两个方面来说，一方面，“宝塔诗”一词确实是就诗体形式而言的，但这并不意味此类诗歌就只注重形式，不注重内容。跟格律诗一样，宝塔诗既可写“风花雪月，烟雨江南”，也可“纵观世情，横看兴灭”！事实上，在不同时期、不同年代涌现了许多极具艺术感染力的作品，使宝塔诗成为人民群众喜闻乐见的诗歌样式。另一方面，讲究艺术形式也并不是什么坏事。闻一多先生曾提出关于诗歌的“三美”理论，即音乐美、绘画美和建筑美，其中，“音乐美”强调诗的律动，“绘画美”强调诗的意境，“建筑美”强调诗的形式。就宝塔诗而言，确实具有十分夺目的“建筑美”。“建筑美”在诗中既为形式美、外在美，也是人们的一种精神追求。在物质生活水平和人类文明素质极低的时代，人们把对“美”的要求是放在极其次要的位置的。比如，对房屋就只要求有居住的功能，服装只要求有遮体避寒的作用，可是，今天我们的住房和服装都十分讲究美的价值。从满足人们心理需求来讲，美不仅仅是一种形式，也是一种重要功能。宝塔诗的“建筑美”，其实也是内在美的外化。另外，即便是某些作品的精神内涵单薄了一些，也并不代表此类作品就都是“形式主义”的东西。任何诗歌形式，如格律诗、自由诗、民歌民谣，它们都是讲究形式美的，当然作品质量也有高下之分，这另当别论。

所以，我们要正面肯定宝塔诗“建筑美”的价值和意义。

宝塔诗也被一些小说家运用到小说创作中，以丰富小说的人文元素和趣味性。如明代文学家、思想家、戏曲家**冯梦龙**在他的《三言二拍》里创作的宝塔诗《春》《风》《色》《酒》《月》等为小说增色不少。清代小说家**吴敬梓**在他的《儒林外史》中写了一首题为《呆》的宝塔诗（见“诗例微评”：吴敬梓《呆》），也为作品增添了“小确喜”。而民间则常常以戏谑性的宝塔诗来传播知识，启迪智慧，增加生活乐趣。如清代著名的笑话集《笑笑录》收入了一首讽刺贪官污吏的《红》，读之，足以让人捧腹大笑，而一笑之后也会引发思考。

（3）倒影宝塔诗

这种诗形如塔影倒映，也叫“正反宝塔诗”；又因为形如竖状纺锤，所以还叫“纺锤体”。清代**王有光**（生卒不详）摘吴越俗谚俚语排成的宝塔诗就属于“塔影倒映体”（也叫“菱形诗”）：

阴阳
天地大
黑白分明
傍早做人家
为人易做人难
你叽呱我也叽呱
穷不读书富不教学
读书造化不读书告化
清明不拆絮到老不成器
告化子遁走猢狲就没戏耍
要知未来路径须问过来人家
罔活三千年不知天知地知
有书不苦读不如睁眼瞎
黑眼乌珠难见白铜钱
男大当婚女大当嫁
善恶到头终有报
前船是后船涯
事上无难事
有德终发
回味甜
由他

倒影宝塔诗与前述两种宝塔诗在规制上是一样的，故不赘述。

根据用字上的变化，宝塔诗还可分为尖塔诗（顶部一个字）、平塔诗（顶端为2~3字）、残塔诗（腰部缺字）、变形宝塔诗等。有些变形宝塔诗，如李白的《秋风清》（“清风引”）后来被吸收到经典词牌里去了。

【附带讨论】山行诗、飞雁诗、圭影诗、数字宝塔诗

有人把排列为宝塔形状而并未符合宝塔诗规制的诗，如山行诗、飞雁诗、圭影诗、数字宝塔诗等，也列入宝塔诗，实为不妥。

山行诗（火焰体）：其排列形状如同宝塔，但读法与宝塔诗迥异。它不是按所分诗行断句，而是按五言、七言或其他两端对称的诗体断句；并由下而上或由上而下迂回阅读。（此种诗体本书另有介绍）

圭影诗（同心塔体诗）：其形亦如宝塔，读法上亦不按宝塔诗分行断句；宝塔中心一纵行文字完全相同，却一律不能单独读作一个字，只能作为前后字的偏旁使用。（此种诗体本书另有介绍）

飞雁诗：其形如倒影宝塔诗，但每行首尾字相同，按“人”字排列；读法上，从右上方往左下方和从左上方往右下方，一右一左交叉斜读，如多个“人”字重叠，宛如飞雁阵型。因此类作品不多，故不专门介绍。（参见“诗例微评”：［唐］皎然《春》）从读法上讲，人们把由上而下依次可读的称为宝塔诗，而把交织读、倒读、回文读、迂回读的，各自另起了名字，如火焰体（山行诗）、飞雁体（晴空展翅飞雁文诗）、叠翠体、同心塔体诗（圭影诗）等，其实也可视作宝塔诗的别体。

宝塔诗奇思妙想的结构逻辑对其他学科也有影响，例如，在数学领域出现了多种多样的“数字宝塔诗”，它可激发学生对数学的兴趣，更可让人思考许多数字计算的神奇规律。这已进入数学话题，故不多述。

山行诗：屈曲前行方见“景”

这里说的山行诗，是指一种“体裁”，而非“题材”。山行诗固然可以咏山，但不局限于咏山。山行诗按阅读规律，可分上山诗（登山体）和下山诗（下山体）。不管是“上山”还是“下山”，给人的感觉就是在山中屈曲前行。这就是山行诗的总体特点。

先来看一个民间广为流传的诗例——《山景》：

开
山　满
桃　山　杏
山好　景　山
来　山　客　看　山
里　山　僧　山　客山
山　中　山　路　转　山　崖

很多人一见这种排列形式，就把它当作宝塔诗来读，结果读不通；马上又想到回文诗，结果也读不顺。殊不知，它是一首“上山诗”。单从外形上看，它确实是宝塔式的，但它又何尝不是一座“山”呢？塔与山，在外形上是差不多的，都是等腰三角形。但宝塔诗是顺读成文的，而这首诗顺读不通。它跟回文诗也不同，回文诗是顺读、倒读都通的，而这首诗顺读倒读都不成诗。

那它应该怎么读呢？正确的读法是屈曲而上依次读，它跟登山一般的路线：

这样便读成了一首七言：

山中山路转山崖，
山客山僧山里来。
山客看山山景好，
山杏山桃满山开。

这首诗的妙处就在于：它不仅外形如山，而读的次序也跟登山的行动轨迹颇为相似，以“之”字形盘旋而上。若是按回文读法，就无法形成“登山”的完整线路（中间无法衔接）。这当是登山体最佳的选项。

至今未找到此诗的作者，不知是哪位文豪散失于民间的作品还是僧人或乡间秀才所作。作为写景诗，在艺术上堪与唐代著名诗人杜牧的《山行》媲美，诗中景象也是那样唯美诱人。

这首写景诗因人的出现，更具生活的意味。杜牧《山行》是一首以“山行”为题材的诗，而非“山行体”。诗中写的是作者自己“停车坐爱枫林晚”，而《山景》则出现了他者，这又有刘禹锡《竹枝词》（“山上层层桃李花”）那种诗味了。“山客山僧山里来，山客看山山景好”的诗句，虽然不像刘禹锡的“银钏金钗来负水，长刀短笠去烧畬”那样具体细腻地描写人物的动作神态，但也颇具想象空间，尤其是“山客看山”时，直赞“山景好”，也是一种活灵活现、极具“代入感”的抒写方式，使人读来立马会被诗作中的场景吸引住，进入一种唯美的意境之中。

古人写诗是要尽量避免重复用字的，而此诗反其道而行之，诗中的“山”字出现了 12 次，不但不产生累赘感，反而觉得韵味十足，仿佛被作者带进了山的“迷宫”，一路“山中山路转山崖”，在山里转来转去，不仅看到迷人的山景，还看到了“山僧”和跟自己一样的“山客”，最终达到山顶时，更是“山杏山桃满山开”这般迷人的风光。随着我们蛇行般屈曲而上，依次读去，一幅唯美的山水画卷徐徐展开……

有人觉得这种诗的排列形如火焰，而且阅读的行进路线也如同火焰左右摆动着往上蹿去，就把它叫作“火焰体”。

上面举的是一个上山体诗例，下面再举一个下山体诗例。

且看清代文学家**张潮**(1650—约 1709）的《砚山》：

跟上面《山景》诗一样，也是山的形状，也是“之”字阅读路

径，不过，这是三山相连，从中峰往下读，三山交叉处相互借读。这样读来，中峰就是一首《长相思》词，左右两峰各为一首七绝。

读法如下：

长相思

傍骚坛，一拳山，五岳移来方寸间，笔公相往还。
刷飞翰，共研赞，犹忆米颠双袖宽，次公休与看。

七绝二首

最爱玲珑巧嵌空，伴他柔翰助诗翁；
摩挲不减琴共研，休与看山一样同。

毛颖罗文结伴游，嶙峋妙相恰相投。
有时下拜如颠米，宽袖双笼弄不休。

此诗由于三山交叉处要互相借读，在构思上就比《山景》诗的难度大多了。又由于出自文学家之手，其思想内蕴也要丰富得多。诗题为《砚山》，当然不是写自然界的山；砚山就是笔架，其形如山，古代又叫“笔山”。砚山，本是静态之物，但在诗人笔下却成了有血有肉的灵物。

你看中峰那首《长相思》：别瞧这与文人骚客相伴的砚山，只有一拳头那么大，很不起眼，可它隐含了三山五岳的风景，像“笔公”（北魏古弼的绰号）这样的名人也与之过从往来频繁。它相伴文人狂挥笔墨，共研同赏，一道追寻违世脱俗、倜傥不羁的“米颠”（北宋书画家米芾的别号）那宽袖长舞的风度，像“次公”（西汉大臣盖宽饶的外号）那般不把权贵放在眼里。——如此词境岂同一般！加上这首词与另外两首七绝交织起来，多处用典，巧妙“倒字”，语意双关，颇有嚼头。所以诗人在绝句中说：“休与看山一样同”。——可谓一语道破天机。

张潮的《奚囊寸锦》里还有一首《五岳游》，五山相重，难度更大，但规制跟《砚山》一样（见下图），故不详叙。

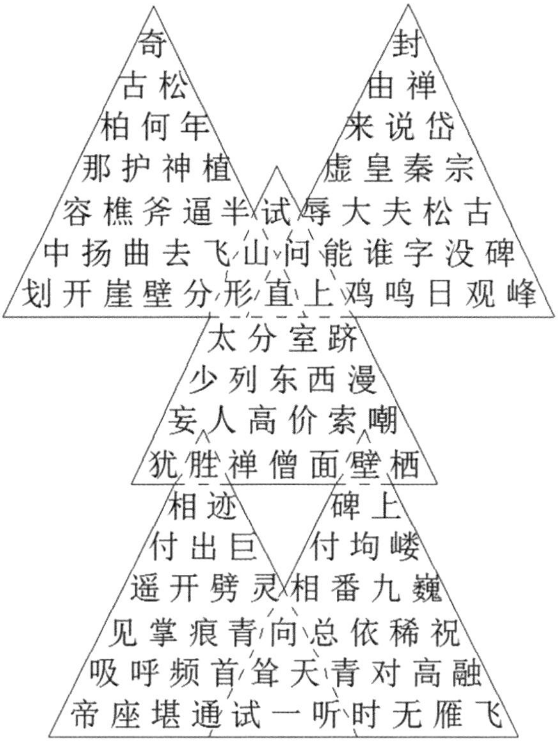

这里要特别注意：山行体不仅是呈山形排列，更重要的是“屈曲前行”的阅读路径。这也是它区别于宝塔诗的关键点。

圭影诗：其形如“圭”，其巧在“影”

从排列方式看，圭影诗也像宝塔诗，但中间一纵行是完全相同的文字，特别显眼，更像古代的一种器具——圭的形状或“圭”字形态，而这一纵行文字连起来看又如同圭影，即圭在日光或月光下形成的影子，似有似无。“圭影诗”之名由此而得名。这类诗与别的诗在写作上的最大区别（也是最巧处）就在于中间这个“影”上。这个“影”可以是任何一个字，如月影、日影、火影等。这个代表“影”的文字在每一行都是别的字的偏旁，通过拆字、离合、联边等方式，分书合读，与前后文字组成一个诗中必需之新字。

现在看到最早的圭影诗是清代诗人**万树**的《土圭月影·咏月》，全文如下：

月
沽月上
魄兔月童朣
幽光日月忽散一
银垂已向月兆朒秋天
钓圆绽今其月漾玉球馥郁
收中镜色山胧月蒙落外云芳桂
凭栏深夜看逾良月何处笙箫作胜游

作者在诗题上加上了“土圭月影”四个字。圭是古代用来测量日影长短的工具，即地面垂直立一根杆，通过它观察记录正午时影子的长短变化来确定季节的变化。

土圭，昼可测日影，夜可测月影。此诗从顶端开始，一个“月”字到底，看上去像是一杆月影垂地。顶端“月”字是诗题。从第二行起，按照拆字、离合、联边等方式与前后字组字合读，即“沽”与“月”组成“湖”字，“月”与“童”组成“朣”字，“日”与“月”组成“明”字，“月”与“兆”组成“朓”字，“其”与“月”组成“期”字，“月”与“蒙”组成“朦”字，“良”与“月”组成“朗”字。在此基础上，再屈曲阅读，可得七律一首：

湖上朣朣兔魄幽，光明忽散一天秋。
朒朓向已垂银钓，圆绽今期漾玉球。
馥郁桂芳云外落，朦胧山色镜中收。
凭栏深夜看逾朗，何处笙箫作胜游。

此诗多角度描写秋夜的湖光月色：皎洁月光下，夜的幽静、山的朦胧、带着桂花芳香的天外云彩，一一倒映在明镜般的湖面。诗人一边凭栏眺望泄于湖面的月色，一边静听远处笙箫声声，何等美妙，何等令人陶醉！形式之趣与意境之美的结合，提升了作品综合艺术效果，在圭影诗中不可多得。

圭影诗作为一种诗体，不限于写月，也可以写其他题材，如清代诗人**李旸**的《土圭日影·咏日》，还有写火的，等等。但无论写什么，其格式都是："土圭×影"。当今诗人**草边**写过一首题为《门》的圭影诗，在题材上另有开拓：

门
木门雨
向口门疾夜
谁忽人门又作一
乍惊儿市门里梦雷声
起尔父今活门当早归游心
回家思南走北门马山万穿箭似
脚步声声敲向一门倾泪怎报三春晖

按照"分书合读"的规律，可读作一首七言诗：

闲雨夜疾问向谁？
忽闪又作一声雷。
梦里闹儿惊乍起，
尔父今阔当早归。
游心似箭穿万山，
闯北走南思家回。
脚步声声敲向闩，
倾泪怎报三春晖。

此诗向我们娓娓叙说一个现实感很强的故事：一个风雨交加的夜晚，祖母一直未眠，见孙儿被雷电惊醒，更加思盼远在异地的儿子早早归来。说也正巧，紧心似箭的儿子脚步匆匆来敲门，一家相拥而泣……用笔之巧在于：让人透过一道“门”看到留守老人与打工仔家庭的生存状貌与情感世界。门里门外，亲情相牵。字里行间，充溢质朴的情愫和浓郁的生活气息。“门”在诗中，像一道影子，似有似无——你说没有吧，诗中分明有八个“门”字；你说有吧，每个“门”都只是一个偏旁，无法读出。但从诗意来看，又像有一个无形之门——家门。这正是诗人的用心所在。

拆叠诗：拆书叠读，诗趣巧成

在我国象形汉字中，有一种由三个相同字组成的三叠字，如：鱻（xiān）、赑（bì）、靐（bìng）、劦（lí）、叒（ruò）、尛（mó）、飍（xiū）、嚞（huà）、譶（tà）、馫（xīn）、灥（xún）等。这些三角形结构三叠字共有127个。另外还有上下直排三叠字4个、左右结构的三叠字17个、倒三角形及其他结构的三叠字7个、含三叠字结构的字437字。古人用这些有趣的三叠字作诗，使之成为一种独特的诗体——拆叠诗。其作诗规则是：“拆书叠读”，即把一个三叠字拆成三个字进行排列，使其又能叠回为原来那个三叠字而成为诗中之字，拆排而成的诗形还要整齐、对称。

拆叠诗最早见于清代诗人**万树**（1630—1688）的《璇玑碎锦》一书。其中一首为《七律·节节高》的诗。因题为《节节高》，又排列为笔筒形状，所以，当时诗界便称其为“节节高体”。原文如右图：

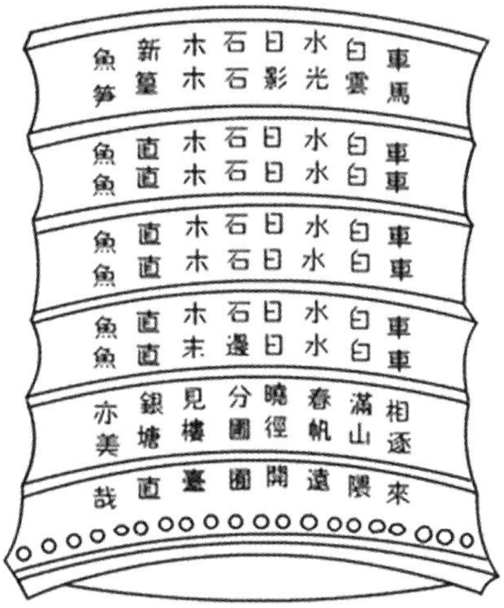

此诗以竹制笔筒形状分节呈现，作者把它标注为“笔筒诗”。但笔筒只是外在附加图形，对其结

构没有规制作用，实际上是可以去掉笔筒图案的，或者换成窗帘图案又何尝不可。故“笔筒诗”之名不必取。原文使用繁体字书写，这里用简体解读。从右上角“车马”读起，接着每三个“车”读作一个“轰”字，其他各纵行读法相同。如此可读为：

车马轰轰相逐来，白云皛皛满山隈。
水光淼淼春帆远，日影晶晶晓径开。
磊磊石边分圃囿，森森木末见楼台。
新篁矗矗银塘直，鱼笋鱻鱻亦美哉。

这是一片生机盎然的山水田园景象：一片喧嚣的车马追逐着奔腾而来，亮晃晃的白云飘浮于起伏的山峦之上；远处水光浩渺的河面春帆片片，一缕晨曦铺满山道，一眼望过那一排排石头分隔的园子，只见高楼从茂密的树梢间露出头来，清澈明净的池塘旁长满一大片亭亭玉立的竹子，游鱼和春笋都是那样清新可爱！

将三叠字拆开来书写而要成为诗句，固然增加了写作难度，但透过这一连串有趣的三叠字，却呈现出一幅生动的“图画”。诗人站在一个特定的角度，将远山近水尽收眼底。诗的构思由此而来：一幅春光图，徐徐展开，气象万千……可见，拆叠诗在追求独特形式之趣的同时，也注重意境之美。

在清代，创作拆叠诗者绝非只有万树一人，其他文人也有创作。如历史学家**万斯同**（1638—1702）也写了一首题为《节节高》的诗（原文见上图）。

这首诗按“拆书叠读”规律，可读为：

林木森森林荫敷，众鱼众鸟众人娱。
门庭皛皛心同皛，茶饭麤麤技本麤。
品竹品花标品格，犇山犇水笑犇驱。
三三径辟招三益，矗矗吟筇矗座隅。

与上面万树那首《节节高》不同，万斯同这首诗除了将三叠字按拆分书写之外，还运用了复字、叠字手法。如第一句“森森”是叠字，“林”字又出现2次，属于复字；第二句三个“众”属于复字……这样，在写作上就更复杂一些，也更难让人读成诗句。你看，首行一连11个“木”，让人感到十分古怪，可一旦读懂又是那样恰切。此诗也完全符合七律的韵格。

有人说，汉字中的三叠字太少了，而且大都比较生僻，很难组成太多的诗，拆叠诗的应用领域太窄。这话似乎有点道理，相比其他常用字，三叠字确实算少，但拆叠诗并不只用三叠字，还要用其他各类字来搭配，仅127个三角形结构三叠字加上其他形式的三叠字共592个，就可创造出许多拆叠诗来。其实，在用字上，拆叠诗不必局限于三叠字，还可尝试运用二叠字（314个）、四叠字（147个）、五叠字（6个）、六叠字（6个）、八叠字（2个），加上三叠字（592个），共1077个叠体字，与其他各类字来搭配，究竟能做多少拆叠诗，恐怕难以用计算机统计。所以说，拆叠诗创作空间并不小。近年来，已经出现了不少拆叠诗，但意境完美者并不多见。

问句诗：天地万物皆可问

问句诗，又叫设问诗、问答体，就是通篇采用提问的方式写诗。这种形式大抵起于民歌，先秦古籍亦多用问答成文。我国最早的诗歌总集《诗经》收录的诗歌（主要是民歌），有的就运用了这种问答的表现手法。至屈原的《天问》，已通篇采用问句手法，以至成为一种诗体——“天问体”。

屈原（前340—前278）的《天问》诗共373句，1560字，是以四字句为基本格式的长诗。在古今中外的各种文学作品里，它是一篇非常独特的诗篇。全文自始至终，完全由问句构成，一口气对天、对地、对自然、对社会、对历史、对人生提出173个问题。这些问题有许多是在他那个时代尚未解决而他有怀疑的，也有为启发人们思考而明知故问的。对许多历史问题的提问，往往表现出作者的思想感情、政治见解和对历史的总结、褒贬；对自然所提的问题，表现的是作者对宇宙的探索精神，对传说的怀疑，从而也看出作者比同时代人进步的宇宙观、认识论。《天问》以新奇的艺术手法表现精深的内容，使之成为世界文库中绝无仅有的奇作。

鉴于《天问》的篇幅太长，为不影响读者阅读的连贯性，这里只选取开头几句作为示例（全文见“诗例微评”：屈原《天问》）：

［元］张渥《九歌图卷》

曰：遂古之初，谁传道之？
上下未形，何由考之？
冥昭瞢闇，谁能极之？
冯翼惟像，何以识之？
明明闇闇，惟时何为？
阴阳三合，何本何化？
…… ……

译文：

请问远古开始之时，
谁将此态流传导引？
天地尚未成形之前，
又从哪里得以产生？

明暗不分浑沌一片，
谁能探究根本原因？
迷迷蒙蒙这种现象，
怎么识别将它认清？

白天光明夜晚黑暗，
究竟它是为何而然？
阴阳参合而生宇宙，
哪是本体哪是演变？
…… ……

《天问》可谓“放言无惮，为前人所不敢言”。但屈原只问不答，给人们留下了无穷的思索空间。对屈原提出的这70多个问题，从战国时期到唐中期前，没有一人作出回答。只有到了唐中期，被贬于永州的柳宗元（773—819）才以翻倍的篇幅创作《天对》（见“诗例微评”），对此逐个作了诠释和回答。此时相距《天问》问世已有千年之久。《天对》因此成为一部奇书，也是柳子诗词的代表作。

《天问》之后，未见如此鸿篇巨制，但效仿者众，也不乏别致有趣之作。如中唐大历十才子之一的**皇甫冉**（约717—771）《问李二司直所居云山》：

门外水流何处？天边树绕谁家？
山色东西多少？朝朝几度云遮？

这首诗借问句，把流水、树丛、山色、云霞写得扑朔迷离，饶有情趣。读者透过一串问句，看到的是清丽幽美的画面：山山环抱而云树苍苍，清泉漾漾而潺潺出谷……此时，谁还会缠着皇甫冉让他答“疑”呢？

再如，北宋思想家、文学家**王安石**（1021—1086）的《勘会贺兰溪主》：

贺兰山下几株松？南北东西有几峰？
买得住来今几日？寻常谁与话从容？

此诗内容表面看是问讯友人移居情况及问友人平日与谁闲聊，而实际上表达了自己无法与友人“话从容”的思想情感。“话从容”三个字，还让人联想到作者更广泛的社会情怀。

有的问句诗，更是直指社会现实。如民歌《吴歌》：

月子弯弯照几州？几家欢乐几家愁？
几家夫妇同罗帐？几家飘落在他州？

这首诗流行在南宋初期。当时金兵占领了中国北方的大部分土地，南宋朝廷一味妥协，使许多百姓流离失所。这首句句设问的民歌，唱出了百姓骨肉分离、飘零异地的怨愤。

元代以来，一些曲子词也同时是问句诗。明代万历年间**吉州景**选编的戏曲散曲时调集《玉谷调簧》里有《金印记》一篇，其中有首题为《娘骂女》问句诗，聚足了人间生活味：

小贱人生得自轻自贱，娘叫你怎的不在跟前？
缘何唬得筛糠战？因甚的红了脸？
因甚的掉了簪？为甚的缘由甚的缘由？
儿，揉乱青丝纂？

清代诗人**万树**（1630—1688）的《贺新凉》别出心裁地把独韵体、问句体与词融合起来，别有滋味：

汝到园中否？
问葵花向来铺绿，今全红否？
种柳塘边应芽发，桃实树冬活否？
青笋箨褪苍龙否？
手植盆荷钱叶小，已高擎碧玉芳筒否？
曾绿遍芳丛否？
书笺为寄村翁否？
乞文章，茅峰道士，返茅峰否？
舍北人家樵苏者，远斫南山松否？
堤上路，尚营工否？
是处秧青都是浪，我邻家布谷还同否？
曾有雨、有风否？

以上所举的问句体诗、词、曲，都是“问而不答”。除此之外，还有不少问句诗是“既问又答”，而且“答”也有正面作答和用反问的语气作答等不同方式。如唐代诗人王绩（约 590—644）《春桂问答诗》：

问春桂：桃李正芬芳，
年光随处满，何事独无花？
春桂答：春华讵能久？
风霜摇落时，独秀君知否？

诗中的“我”对春桂提问：春桂，桃李芬芳，春意盎然，为什么只有你不开花呢？春桂用反问来回答：因为春光不能永驻，待到风霜降临、百花凋零之时，唯独我含苞怒放，你知道吗？诗人采用问答的形式把春桂人格化，形象地赞美了春桂不畏严寒、坚贞高洁的“独秀”精神。事实上，此诗明写春桂，实则是作者人格的写照。试想，若不用问答形式，会造成如此人格化的春桂形象和活跃的诗境吗?

《春桂问答诗》中的问句，是诗人王绩为了营造独特诗境所“设计”的一种手段。春桂不可能开口说话，实际上是诗人用设问和反问的方式自问自答。

有的问句诗，是确有人在作答，即诗人之间相互唱和问答。此处不细叙。

隐语诗：廋辞句句隐真情

隐语，又叫作廋辞或廋语，作为一种语言交流艺术或文学表达方式，古已有之。《国语·晋语五》："有秦客廋辞于朝，大夫莫之能对也。"《孟子·公孙丑上》举了几个生活中隐语的例子："呼笔为管城子、纸为楮先生、钱为白水真人。"至汉代，文人诗词和民间歌谣中已有大量隐语技巧的使用。但是，隐语诗不只是指个别句子使用隐语，而是通篇使用隐语。

隐，是藏的意思。隐语诗就是把语义隐藏起来的诗歌。这种诗始见于南北朝（齐）**徐陵**（507—583）《玉台新咏》卷十所收一首未知作者姓名的《古绝句》：

藁砧今何在？山上复有山。
何当大刀头？破镜飞上天。

这是一首典型的隐语诗。若不按隐语诗去破解，简直如读天书，云里雾里。诗中利用自问自答的口吻，写一位闺中少妇对行役在外的丈夫的思念盼归之情，因通篇运用隐语手法，显得扑朔迷离、饶有趣味。

"藁砧今何在？"开头这句用"藁砧"一词隐藏了"丈夫"这一

词义。藁砧是古代农村常用的铡草工具。藁指稻草，砧指垫在下面的砧板。用在这砧板之上的铡草刀，叫鈇。“今”与“金”谐音。这句说：藁砧尚在，那属“金”的鈇在哪里？“鈇”与“夫”谐音，隐寓“妻在夫不在”之义。既然“夫不在”，那他究竟在哪里呢？

此时，作者顺其事理逻辑，写思妇目光本能地转向门外。自答：“山上复有山。”这句表面看，是少妇望着山山相叠的自然景观发出无法望见丈夫的渺茫感慨，而实际上又是一个隐语。山复山，是两个山字重叠而成的“出”字，所隐语义是：丈夫已经远出，以致山重水隔。

离愁难遣，语中透情。此刻少妇必定会迫切盼望丈夫归来，她焦急地想到归期问题也是人之常情。这就有了第三句：“何当大刀头？”这里的“大刀头”也是一个隐语。古代的大刀是有刀环的，而刀环在刀之头。所以，“大刀头”就隐藏了“环”字，而“环”与“还”同音。因此，此句其实就是这样一个问句：丈夫此行乃是佩刀出征，何时才能还归呢？

少妇又自答道：“破镜飞上天。”古人常用“破镜”比喻残月，也用作阴历每月望日前后的隐语。整个句子所隐含的意思是：大概他到望日（初一）前后就会归来。读到此处，我们仿佛看到一位思妇独自在那里“忆归期，数归期”“逆想行人至，迎前含笑来”。她那自问自答切切盼夫归家的心声，语意惓惓未尽，让人产生无限联想。

曹雪芹（约 1715—1763）的《红楼梦》是一部充满隐语的小说，第四回写贾雨村即将开审薛公子（薛蟠）为争买民女英莲（香菱）而打死小乡宦之子冯渊一案，其手下门子递来一张“护官符”。雨村“看时，上面皆是本地大族名宦之家的谚俗口碑”。“谚俗口碑”即民间百姓中流传的歌谣。由这些民谣排列起来的“护官符”，把贾、史、王、薛四大家族的真实景况隐于其中。门子葫芦僧使眼色制止贾雨村，并呈上这份“护官符”，提醒他：本省这四大家族“皆连络有亲，一损皆损，一荣皆荣，扶持遮饰，俱有照应的”，薛蟠就是“丰年好大雪”的薛家的公子，不可莽撞。称之为“护官符”，意思是巴结这四家官僚贵族就能保住官帽，得罪了他们不仅要丢官，恐怕连脑袋也保不住。这“护官符”，其实就是一首隐语诗。原文如下：

贾不假，白玉为堂金作马。
阿房宫，三百里，住不下金陵一个史。
东海缺少白玉床，龙王请来金陵王。
丰年好大雪，珍珠如土金如铁。

单从字面看，这首《护官符》的大意是：贾家家势显赫一点不假，其用白玉砌成厅堂，用黄金做成马匹。秦朝时期三百里之阔的阿房宫，也住不下这金陵的一个史家。东海的龙王缺少白玉床，也会来找金陵王提供。瑞雪兆丰年，可最显贵的还是这雪（薛家），那珍珠在薛家都被视为泥土，黄金也被当作普通的铁。

深入分析，此诗隐义极深。它可分成四则谚谣，每一则都是押韵的，还用了不同的“形趣诗”构造手法，使诗富于变化，合起来便是一首隐语诗。

“贾不假，白玉为堂金作马。”这句比较复杂，所隐句意是借“回文”手法来实现的。如何破解这所隐之义，须按“回文”反读，即：“马做金堂为玉白，假不贾”。其中“马做金”，应解为：马做成了“金”，或马成就了“金”。此“金”非他“金”，而指的是“后金”（书中的金陵），即“满清”；“堂”亦非普通的房子，应解为一房人的“房”；“玉白”可合为一个“皇”字多一点，应解为“皇家”的一个分支，或者叫作“皇家”的另一“房”；而“假不贾”，则应直接解为：这一家的姓是假的，其实并不姓“贾”，而是满清皇家的另一房。弦外之音是：谁敢直说这皇家贵族呢？只能倒着说，将真情隐藏。

“阿房宫，三百里，住不下金陵一个史。”此句关键在句末的“一个史”上。作者在这里巧妙地运用了一个“拆字”手法（也是形趣诗的一种表现形式），将“吏”字拆成了“一个史”。“阿房宫，三百里，住不下”，隐藏“大”的意思；用“金陵”指代满清皇朝。全句应解为：这史也不是普通姓史的人家，而是满清皇朝的另一大吏，其家势之大就连阿房宫这么大的皇宫都装不下。

“东海缺少白玉床，龙王来请金陵王。”此句采用的是“藏字”手法（也是形趣诗的表现形式之一），把“东”“床”“龙”“王”藏在句子的首尾。古代称“女婿”为“东床”，“龙王”则是“真龙”家的“王爷”（因“王”在句中出现了两次）。全句应解为：这是一家有皇家王爷做女婿的家族（王夫人应为王爷的夫人）。用神话故事来掩隐现实真事，这隐语还不够深？

“丰年好大雪，珍珠如土金如铁。”上半句中的“雪”与“薛”同音，便是借“雪”隐藏“薛”；下半句则点明其家中有一个轻贱金银财宝的败家子（特指薛蟠），取“子”义。“薛”与“子”两字合起来便是“孽”字（合字谜）。全句应解为：这一家有一个败家的纨绔子。

可见，这首《护官符》句句隐藏了真事真情。有学者认为，这四句还故意打乱“贾王薛史”的顺序，隐藏了“家亡血史”四个字。（可惜很多教师在授课时并未从隐语诗的角度来提示读者，以至解读虽多而难得要领。读懂了这首《护官符》，整部《红楼梦》就抓到了主旨。）

在封建专制时代，很多事涉权贵的话不好明说，人们就只好打哑谜作隐语（俗称暗语）。《红楼梦》不仅从整体上将“真事隐去”（并非没有真事），还在许多情节和诗词中使用隐语。这一“护官符”的情节，由于隐语诗的出现，把当时社情复杂到人们不敢说真话而权贵们又利用民间隐语的形式来干徇私枉法勾当的现实揭示得淋漓尽致。

由此可见，隐语诗因多用暗示性物象和谐音双关之语，颇有“雾露隐芙蓉，见莲不分明”（乐府《子夜歌》）的朦胧美。

拟赠诗：物物相赠托人意

常见的赠答诗，是文人之间你赠我答，或只赠不答，诗中呈现的赠答主体是人。这里要说的是一种与赠答诗颇为形似的诗歌形式——拟赠诗。它不是人与人相互赠答，而是物与物相互“赠答”。物当然不具有人的意识，不可能相互赠答。

所谓物物互赠，说到底还是诗人假托于物的一种表达方式。所以，这种拟赠诗并不是由两位及以上诗人所写，也没有特定的受赠对象（人），而是由一位诗人独自创作，并在一首诗或一组诗里完成赠与答的全部内容。

东晋著名隐逸诗人**陶渊明**（约365—427）的《形影神》可谓拟赠诗的经典之作。下面是《形影神（并序）》原文：

贵贱贤愚，莫不营营以惜生，斯甚惑焉。故极陈形影之苦。言神辨自然以释之。好事君子，共取其心焉。

形赠影

天地长不没，山川无改时。草木得常理，霜露荣悴之。
谓人最灵智，独复不如兹。适见在世中，奄去靡归期。
奚觉无一人，亲识岂相思！但余平生物，举目情凄洏。
我无腾化术，必尔不复疑。愿君取君言，得酒莫苟辞。

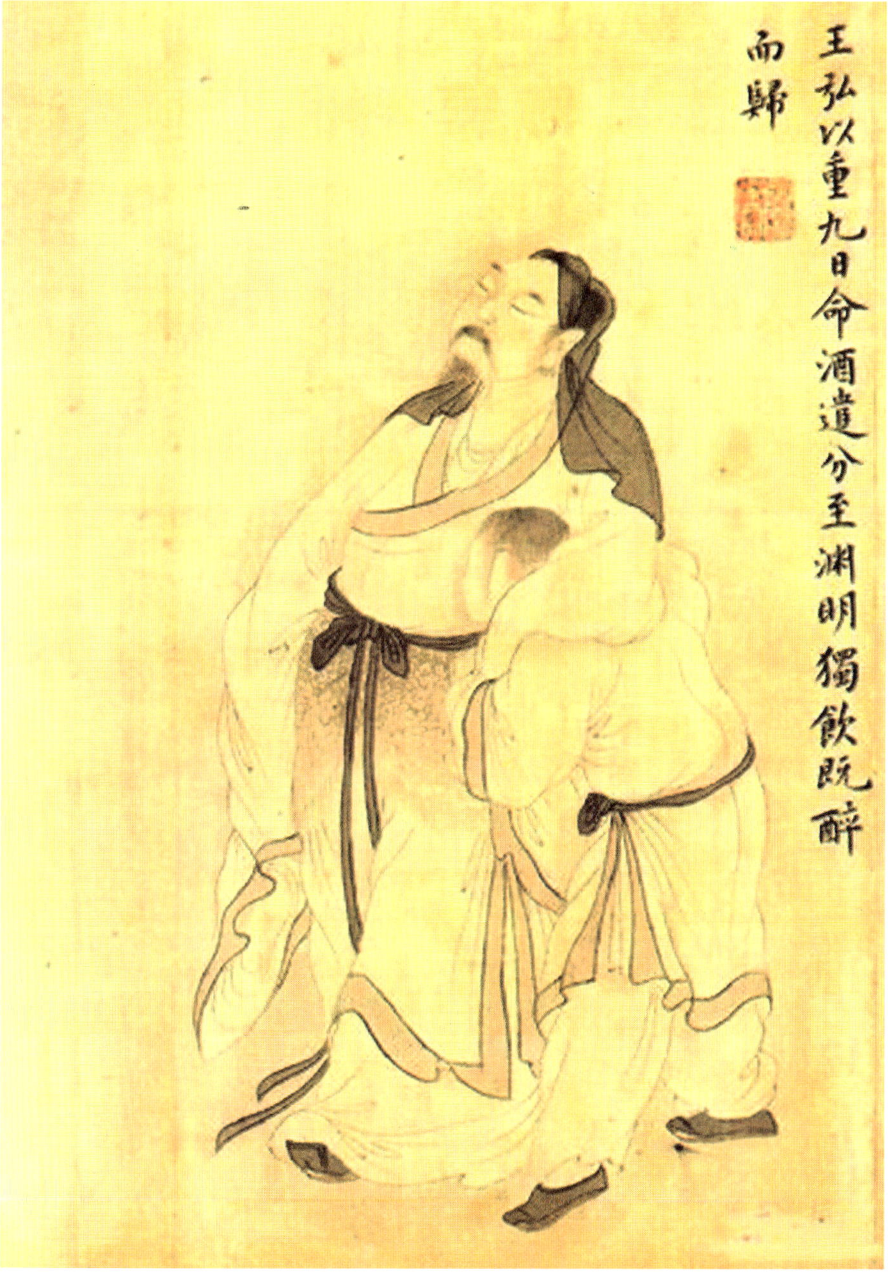

［明］李翠兰《陶靖节像》

影答形

存生不可言，卫生每苦拙。诚愿游昆华，邈然兹道绝。
与子相遇来，未尝异悲悦。憩荫若暂乖，止日终不别。
此同既难常，黯尔俱时灭。身没名亦尽，念之五情热。
立善有遗爱，胡为不自竭？酒云能消忧，方此讵不劣！

神　释

大钧无私力，万理自森著。人为三才中，岂不以我故！
与君虽异物，生而相依附。结托既喜同，安得不相语！
三皇大圣人，今复在何处？彭祖爱永年，欲留不得住。
老少同一死，贤愚无复数。日醉或能忘，将非促龄具！
立善常所欣，谁当为汝誉？甚念伤吾生，正宜委运去。
纵浪大化中，不喜亦不惧。应尽便须尽，无复独多虑。

先说说此诗及序的大意。诗中的“形”是指形体、肉身；“影”指名声，又叫德；“神”指人的灵魂、精神。小序的意思是：天下人无论贵与贱、贤与愚，无不为生存操持经营，并为生命的长短而困惑、迷茫。所以，这里就尽力陈述“形”和“影”的烦恼之辞，讲述“神”用辨析自然之理的方法所作的开释。对这方面问题感兴趣的人，就来分享其中的道理吧。

《形赠影》，就是形体以思辨的方式对影子说：天地亘古常在，山川万年不变，草木于风霜中衰败，雨露中复苏，然而作为万物之灵的人却不能如此。人活一世，如同匆匆过客，倏忽即逝，而活着的人们也就很快把他淡忘，亲朋好友不再思念他，留下的少许遗物，只是让人感伤而已。我作为形体无飞天成仙的本领，你影子也用不着怀疑我说的这人生宿命，听我一句忠告吧：开怀畅饮，享受醉梦之乐。(这是陶渊明借形的口吻说出当时嵇康、阮籍等人代表的旧自然说者对人生所抱的态度。)

《影答形》，是影子回答形体的话：永生不可能，养生也是令人苦恼的愚笨方式。去昆仑山修仙学道吧，前路渺茫行不通。自从我影子与你形体相遇以来，一直同忧共喜。只有当你憩息在树荫下时，我才同你短暂分别；在阳光下，我俩是从不分离的。可这种形影相随的时光同样不会恒久，最终还是会一起黯然俱灭。你这形体不在了，我这影子也便不复存在。如此想来，真令人心忧焦躁，五情俱热。倘若能够立下大功，留下美名，死了之后还会受人尊重，何不在这方面尽番心力？虽说酒能消忧，但与之相比，岂不等而下之了！（这是陶渊明依托主名教者的口吻对形体的人生观进行的非难，并把主名教者提倡追求身后之名的态度表达了出来。）

《神释》，是神对形体与影子所作的开导：大自然的造化是不会偏心的，万物都按着自己的规律成长与繁衍，人所以能跻身于天、地、人“三才”之中，岂不正是因为有了我精神。我与你们（形体和影子）虽然有别，但生来就互相依附，既然我们结于一体，悲喜与共，那我又怎能不对你们说说我的看法：上古时的三皇大圣人，而今他们在何处？活到了八百多岁的彭祖虽力求长生，也无法在人间留住生命。老的、少的，智者、愚者，都难逃一死，死后亦无区别。每日沉湎于酒中或能忘忧，然如此岂不是自伤身体反而折寿吗？立善确实是值得赞赏的好事，可你离世之后还会知道谁会称赞你吗？与其刻意纠结于这些问题而自损寿命，还不如顺其自然，听从命运的安排。在宇宙中纵情放浪，没有什么可喜可怕的。生命到了尽头，那就让它到尽头吧，不必多虑。（这是陶渊明借神的口吻否定了代表旧自然说的形和代表名教说的影的生命观，体现了渊明新自然说的主张——顺其自然，纵情放浪。）

《形影神》围绕“形、影、神”这一中国哲学中的重要命题展开“对话”，其逻辑缜密，具有极强的思辨性。因而，从内容上看，它是哲学诗或哲理诗。但从艺术形式上看，它则是一组典型的拟赠诗。诗人把形、影、神这三个事物都人格化了，并让他们以相互“赠诗”

的形式展开对话，这不仅使得这组以抽象问题作为题材的诗避免了抽象化表达，而更具形象性和趣味性，还造成了新奇异样的艺术景象，形成了不同寻常的文本特征和文体特点。

有人认为，陶渊明《形影神》的文体创意来自《列子·力命》一文。《力命》开篇就把“力”和“命”假设为两个有人格的个体，让二者进行对话。又有人认为，陶渊明使用“形影神”这三个概念，是受当时佛教净土宗慧远大师的《形尽神不灭论》和《万佛影铭》的影响，将其中“形”“影”“神”这些概念汇集在一起了。笔者认为，这些联系与分析不无道理，但陶渊明所创作的毕竟是诗，诗与散文和论文具有不同审美价值。《形影神》的诗体形式是开创性的，其内容对后世也颇具启迪意义。

陶渊明这组《形影神》大约作于东晋义熙九年（413 年）。400 年之后，唐代诗人**白居易**也写了一组以“心”与“身”为主题的拟赠诗《自戏三绝句》：

心问身

心问身云何泰然，严冬暖被日高眠。
放君快活知恩否，不早朝来十一年。

身报心

心是身王身是宫，君今居在我宫中。
是君家舍君须爱，何事论恩自说功。

心重答身

因我疏慵休罢早，遣君安乐岁时多。
世间老苦人何限，不放君闲奈我何。

白居易的这组绝句拟赠诗写得十分隽永，采用拟人的手法，一问一答，点化出心和身二者是互相制约的关系，即“心是身王”“身是心舍”。白居易认为，要想爱护自己这唯一的身体，就必须少让世上的炎凉来左右自己的心神。

白居易（作者生评不详）

白居易的《自戏三绝句》立意虽承自《形影神》，但别有新创，表达更为口语化，意象更为生活化；陶渊明的形影神三元关系，被乐天简为身心两重关系；六朝时期寓意深奥的玄言之辨，化为轻松诙谐的自戏问答。

陶渊明和白居易的这两组拟赠诗，引起宋代词人**苏东坡**的极大兴趣，其作诗评道："渊明形神自我，乐天身心于物。而今月下三人，他日当成几佛？"（《刘景文家藏乐天身心问答三首戏书一绝其后》）此诗，似乎在说：陶渊明把人的生命分为形、影、神三者，白居易又把人的生命分成身与心二者，那么，按他们的逻辑，加上我苏东坡共三人，应当算作几个佛呢？苏东坡这首诗，表面看正如标题所言"戏书"，但它却能引起读者对生命哲学的进一步思索，没有停留在表面的"戏"上，也是拟赠诗的一段趣事。

柏梁诗：七言近体的先导

一般格律诗要求除首句入韵外，还必须偶句押韵，但有一种叫“柏梁体”的诗，则是每句押韵，且都押平声韵，全篇不换韵；一般为七言，句数不限，可长可短；若多人合创则要求前后句意不相属，一人独创则前后句意必相属。

这在今天看来，这样的诗体与格律诗（近体诗）就格格不入了，或者说，它完全不符合七言格律的章法。但是，柏梁体恰恰是七言近体诗的先导，即先有柏梁体，后有七言近体。七言近体萌芽于六朝陈、隋而完成于初唐。就是说，**鲍照**以前的七言诗（如曹丕的《燕歌行》）都是句句用韵的。南北朝以后，七言诗变为隔句用韵了，句句用韵的七言诗反而成了异类。

柏梁诗，又称柏梁台诗，得名于汉武帝时期一场“赛诗会”。据说汉武帝**刘彻**(前156—前87）在长安城建章宫北的柏梁村附近建造宫殿（取名柏梁台)，与群臣联句赋诗，句句用韵，所以此诗被称为“柏梁诗”，之后凡是这一类型诗都被称为“柏梁体”。当时的《柏梁》诗，原文如下：

日月星辰和四时，（汉武帝）
骖驾驷马从梁来。（梁王）

郡国士马羽林材，（大司马）
总领天下诚难治。（丞相）
和抚四夷不易哉，（大将军）
刀笔之吏臣执之。（御史大夫）
撞钟伐鼓声中诗，（太常）
宗室广大日益滋。（宗正）
周卫交戟禁不时，（卫尉）
总领从官柏梁台。（光禄勋）
平理请谳决嫌疑，（廷尉）
修饰舆马待驾来。（太仆）
郡国吏功差次之，（大鸿胪）
乘舆御物主治之。（少府）
陈粟万石扬以箕，（大司农）
徼道宫下随讨治。（执金吾）
三辅盗贼天下危，（左冯翊）
盗阻南山为民灾。（右扶风）
外家公主不可治，（京兆尹）
椒房率更领其材。（詹事）
蛮夷朝贺常会期，（典属国）
柱枅欂栌相枝持。（大匠）
枇杷橘栗桃李梅，（太官令）
走狗逐兔张罘罳。（上林令）
啮妃女唇甘如饴，（郭舍人）
迫窘诘屈几穷哉。（东方朔）

这首《柏梁》诗是集体所作，每人一句都是独立的，意义上没有相互延伸、递进、转折的关系。由于此诗为皇帝组织并参与创作，其影响可想而知。之后，不乏帝皇群臣追崇效仿，如梁武帝萧衍与群臣合赋《清暑殿效梁柏体》、唐太宗**李世民**与群臣合赋《两仪殿赋梁柏体》、唐中宗李显《十月诞辰内殿宴群臣效柏梁体联句》都属于这类集体创作。同时，也涌现了不少文人仿其形式的独创之作，**曹丕**《燕歌行》、**曹叡**《燕歌行》、**陆机**《燕歌行》、**郭文**《金雎诗》、**鲍照**《代白纻舞歌词》四首之三、**杜甫**《饮中八仙歌》《丽人行》、**苏轼**《李公择求黄鹤楼诗，因记旧所闻于冯当世者》等都是有名的“柏梁体”诗。其中，**杜甫**(712—770)《饮中八仙歌》堪称柏梁体中的绝品：

知章骑马似乘船，眼花落井水底眠。

汝阳三斗始朝天，道逢曲车口流涎，恨不移封向酒泉。

左相日兴费万钱，饮如长鲸吸百川，衔杯乐圣称避贤。

宗之潇洒美少年，举觞白眼望青天，皎如玉树临风前。

苏晋长斋绣佛前，醉中往往爱逃禅。

李白一斗诗百篇，长安市上酒家眠，天子呼来不上船，自称臣是酒中仙。

张旭三杯草圣传，脱帽露顶王公前，挥毫落纸如云烟。

焦遂五斗方卓然，高谈雄辩惊四筵。

杜甫这首诗，平声韵到底，其中，船、眠、天、前等皆用重韵；所写饮中八仙，按贺知章、李琎、李适之、崔宗之、苏晋、李白、张旭、焦遂的先后顺序，每人一段（或两句，或三句，或四句），各自独立，互不相干。诗人抓住每位“酒仙”的个性特征，以速写的笔法、洗练的语言加以勾画，构成一幅姿态各样的群仙图。

八仙中首先出场的是资格最老、年事最高的贺知章。他酒醉后骑马，如在乘船般，晃晃悠悠，醉眼蒙眬跌入井中，竟在井底酣睡一回。接着出场的是汝阳王李琎，他去觐见天子还要先饮酒三斗。路上看到装载酒曲的车，也口水直流，恨不得自己马上被改封到酒泉郡

［清］苏六朋《太白醉酒图轴》

（今属甘肃）做官。再是左丞相李适之，他每日酒兴来了就不惜万钱买酒，那豪饮之状恰似长鲸吞吸百川之水。自称举杯豪饮清酒是为了避贤。“避贤”，即“让贤”，结合他被罢相的事实看，“避贤”是语意双关，暗讽排挤他的权贵李林甫。此句深含政治意味。第四位是崔宗之：这位潇洒英俊的少年，举杯饮酒时，常常用白眼傲视青天，睥睨一切。那醉态宛如玉树临风，不能自持，多么潇洒！第五位苏晋：他原本是斋戒念佛之人，但有经常醉酒，以致得意忘形，把佛门戒律全抛却。第六位李白：饮酒一斗，立可赋诗百篇，常常醉眠于长安街的酒家。在湖池游宴的天子召他上船，他却自称是酒中之仙。你看这大诗人多么豪气纵横，狂放不羁，即使在天子面前也敢大声喊出“臣是酒中仙”。这是何等不畏权贵的性格！第七位张旭：这位书法大家，三杯酒落肚，豪情奔放，即挥毫狂书，那绝妙墨迹不负书坛“草圣”之名。他在王公贵戚面前也倨傲不恭，不拘礼节，脱帽露顶，挥笔疾书，笔走龙蛇，字迹灵动犹如云烟泻于纸面。第八位是焦遂：虽为一介布衣，却口才了得，五杯酒下肚，更是神情卓异，高谈阔论，滔滔不绝，常常语惊四座。这位不卑不亢的平民酒仙，令人肃然起敬！

八位酒仙是同时代的人，又都在长安生活过，在嗜酒、豪放、旷达这些方面彼此相似，但他们的醉趣与醉态又各有不同，形形色色。诗人通过此“八仙图”漫画般生动地再现了盛唐时代文人士大夫旷达纵逸、桀骜不驯、轻蔑权贵的精神风貌。通篇弥漫着一种夸张、谐谑、滑稽的欢快氛围。诗中“李白一斗诗百篇”（又作“李白斗酒诗百篇”）、“天子呼来不上船”等都成为千古流传的名句。

《饮中八仙歌》是文人独创之作，与汉武帝刘彻与群臣联句赋《柏梁》不同的是：句意相属。即每写一位酒仙的两个或多个句子之间都有意义上的关联，共同构成对人物形象的刻画。

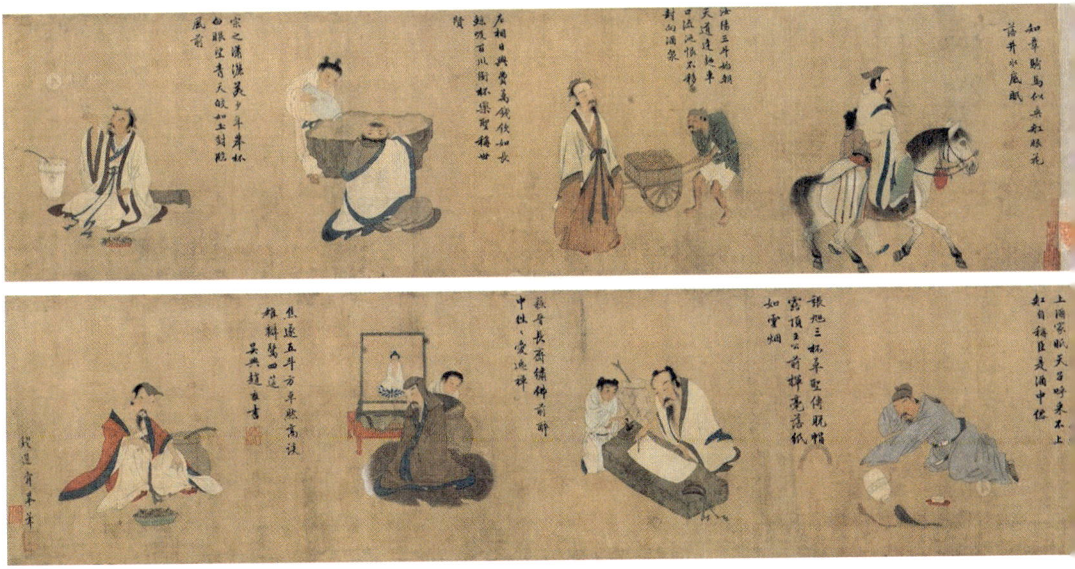

[南宋] 钱选《饮中八仙图》

“句意相属”是一人独创的柏梁体的规则，如果不能达到“句意相属”就不被当作柏梁体看待。这便为后来的七言近体奠定了格律基础。

柏梁体之“句句押韵”，其“律”不入七言近体，却又恰恰构成另一种“律”。

柏梁体对后来的词、曲也产生了很大影响，出现了柏梁体词、柏梁体曲。

吊脚诗：突兀新奇的残缺美

从句式上看，吊脚诗近乎民间顺口溜中的“三句半”，二者都是长起短结，前三句为齐整的句子，末句（第四句）为半个句子，即“残句”。这样看上去呈“吊脚”状，给人突兀新奇的感觉。“吊脚诗”由此得名。仔细看，文人创作的吊脚诗与民间顺口溜“三句半”也不尽相同。首先，在字数上，吊脚诗每首都是十七个字，前面三句每句为五个字，末句为两个字。所以，吊脚诗又叫“十七字诗”。民间“三句半”的字数没有那么严格，前三句并不限于五字句，也可以是七字句，只要三句排列齐整就行；末句可以是一个字、两个字、三个字，只要是半句即可。其次，从语言风格上看，吊脚诗的语言含蓄、幽默、意象化，往往具有暗喻或象征意味；民间“三句半”的语言俏皮、滑稽、口语化，大都充满俚俗气息。

下面这两个例子足以让我们看出吊脚诗与民间“三句半”的异同。先看北宋诗人饶节的《和洪朋》：

当时为举首，
满意望龙飞。
而今已报罢，
且归。

饶节(1065—1129)，字进父、次守、德操，北宋江西宗派诗人之一，后出家为僧，法名“如璧”，自号倚松道人。有《倚松集》十四卷，今存二卷 。其诗友王直方所著《王直方诗话》卷五载：“吴贺迪吉者，抚州人，一日载酒来余家，并召刘夷、李洪、龟父、饶次守辈，酒酣颇纷纷。龟父先归，作一绝题于余书室曰：‘再为城南游，百花已狂飞。更堪逢恶客，骑马风中归。’次守既醒，作十七字和云：‘当时为举首，满意望龙飞。而今已报罢，且归。’盖龟父是年自洪州首荐，自今上初即位，无建试也。”从这段话里可知，饶节（次守）的好友洪朋（龟父）先于饶节归隐，且在离去时给饶节留下了一首诗。饶节酒醒后便写了这首题为《和洪朋》的诗，作为应和。此诗写了诗人自己从踌躇满志到失望归隐的人生境遇。“满意望龙飞”一句，意象化地写出了其曾经拥有过的豪情，接着便是“报罢”“且归”的跌落之境。至于饶节的人生境遇，据《墨庄漫录》卷五记载：饶节曾投书于当朝宰相曾布（字子宣），论及新法非是，产生矛盾，便去祝发寺为僧。“且归”一词，含蓄、平和、干练，在诗里是一个“残句”，并由此造成整个诗形“残缺”，但恰恰是这“残缺”的诗形，产生了“惊鸿一瞥”的艺术效果，不但让人联想到诗人的境遇以及决绝干脆的个性品格，还让人产生世事不平、人生难以圆满的感叹。所以，这里的“残缺”具有暗示和象征的意味。

此诗是目前查到的文人署名最早的一首吊脚诗，在没有发现新的诗例之前，可以判定吊脚诗这一文体正始于北宋，始于饶节。也有人认为始于宋代著名诨话艺人**张山人**，但未查到原作，倒是张山人去世后，不知哪位文人仿照他的诗格为其墓题写了一首吊脚诗，读后令人徒生悲凉与惆怅：

此是山人坟，
过者应惆怅。
两片芦席包，
敇葬。

诗中“两片芦席包”，直戳人心。你看这位有名的民间艺人死后，家人买不起棺材，就用芦苇席包裹起来入土，想想这人间，岂不心生寒凉！吊脚诗对文学的贡献在于：它打破了五言诗的对称美、齐整美，取之以参差美、残缺美。

再来看看民间“三句半”（即民间十七字诗）。南宋时有一首在民间广为流传的《临安十七字诗》：

驾幸景灵宫，
诸生尽鞠躬，
乌头身上白，
米虫。

此诗颇具讽刺意味。“乌头身上白”，指头上戴黑幞头，身上穿着白襕衫；“米虫”，即蛀米之虫。这首诗针对的是：宋朝皇帝崇奉道教，常驾临景灵宫祭神，届时都要太学、宗学、武学生员身着制服，立在礼部衙前恭迎。而这些太学生大都没有真才实学，每年还要花费巨资，做些迎接皇帝的无聊之事。

民间十七字诗实际上是一种“打油”歌谣，在古时是登不得大雅之堂的，很少收入诗集。但因最后两个字给人突兀感，语言滑稽俏皮，“虽为小道，亦有可观焉”，尤受民间喜爱。因此，一些独具慧眼的文学家如**冯梦龙**，便将这些民间打油十七字诗作为逸闻趣事收入《广笑府》《笑笑录》《坚瓠集》之类的典籍，使之得以保存和流传。

至于现在有人认为民间十七字诗是由文人十七字诗衍生而来，又有人认为文人十七字诗是受民间十七字诗（谣）启发而创制。谁先谁后，笔者以为这是很难得到终极答案的，何必纠结。

综上所言，无论文人创作的吊脚诗还是民间十七字诗（谣），从艺术本质上讲都具有残缺之美，或如视觉上的“布白”图，或似听觉上的“断弦”音，以此达到耳目避之不及、直击心扉、令人惊异的效果。

屏风诗：四屏一体，各自成景

我国自古至今有使用屏风这种独特家具的习俗。屏风一般为四屏一组，置于厅堂，有隔离空间和挡风的功能，其上常常有字画作品，所以，它又有家庭装饰、美化的作用。

书画一家，在屏风上题诗也是常见的事情。屏风诗就是指写在屏风上的一种独特诗歌形式。屏风只是一种物质载体，那么写在屏风上的诗怎么会影响到其艺术形式而独自成体？这是因为每组屏风都是可以根据使用需要进行折叠的，有时是四屏全部打开连成一体，有时任意打开一屏、两屏、三屏，而每屏往往只题写一句诗，才能让人看得明了；若采用一般的诗歌形式，单独看一屏，不看前后文，意思不连贯，就不知道这一屏上的诗句是何意。

为了适应屏风使用上的变化，诗人在题诗的时候，就要尽量使每一句都具有独立的含义，但四屏又能连接成一首诗来读，这就造就了一种有别于其他诗歌的独特诗格。

如今看到最早的屏风诗是东晋著名画家顾恺之的《四时》诗（一说是陶渊明所作）。

顾恺之（348—409），东晋杰出画家、绘画理论家、诗人。时人称为三绝：画绝、文绝和痴绝。顾恺之与曹不兴、陆探微、张僧繇合称“六朝四大家”。他的屏风诗《四时》，因诗中句句有画，且能提振人的精神，故又被称为“神情诗”。全文如下：

春水满四泽，
夏云多奇峰。
秋月扬明辉，
冬岭秀寒松。

此诗一目尽传下，呈现出四季不同的景象。这种以诗当画呈现自然风光特征的本事应当只属于画家或摄影家。四句诗句句写景，每句勾勒出一个季节的状貌：

春雨如酥，四野的沟渠都涨满了水，一目望去，是何等滋润辽阔的江南水乡；

夏日之云，时聚时散，千姿百态，尤其那奇峰般耸起的云彩，令人目醉神迷；

秋高气爽，朗月悬空，将光辉洒向万物，迷蒙的景色让人产生无限遐想；

严冬萧飒，山岭上的青松凌寒独秀，给银装素裹的天地间增添了些许生机。

——这是四幅生动的“画”，是对四季风光最凝练、最传神的写照！

顾恺之论画最重神韵，然而也不脱离形态的逼真和直观感。他提出的“以形写神”的著名论断（《历代名画记》），于画于诗都是理论精髓。他的这首屏风诗就是“以形写神”的范例。四句诗，寥寥二十字，让我们体味到了春夏秋冬四季的变化多姿，世间事物的鲜活意趣，以及它们带给我们的无限美好，诗人似在激励世人确立热爱生活、积极进取、不畏艰险的精神品格。

屏风诗不限于写四季风景和咏“梅兰竹菊”四君子，万事万物皆可入诗，只要每屏意涵相对完整、四屏（或更多屏）相连又能构成一个整体即可。句式也不限于五言，四言、七言，乃至多言，皆可尝试。南北朝诗人**萧悫**(561 年前后在世）的《屏风诗》，每一屏有 20 字，整首80 字。全文如下：

秦皇临碣石，汉帝幸明庭。非关重游豫，直是爱长龄。
读记知州所，观图见岳形。晓识仙人气，夜辨少微星。
服银有秘术，蒸丹传旧经。风摇百影树，花落万春亭。
飞流近更白，丛竹远弥青。逍遥保清畅，因持悦性情。

从结构上看屏风诗，屏与屏的内容、意涵是并列的（平行的），相互之间没有转折或递进的关系；但放到一起，却有关联性、对应性，风格高度一致。可分可合、灵活机动是屏风诗的一大特点。

屏风样式（作者不详）

清代张潮的《锦屏》诗（见“诗例微评”），在设计上更注重屏风方正的造型特点，但文字过于古奥。

现今屏风已向纯粹装饰品或艺术品方向发展，如悬挂式屏风、摆件式微型屏风，它们主要作为诗画载体而存在。所以，屏风诗作为一种文体又有新的发展空间。其实，屏风诗作为一种诗格，一经产生就不限于屏风这一载体或场景，就像前面介绍的柏梁体诗不限于在特定的柏梁台创作一样。

需要提出的是：不要把以屏风为题材的诗（即“写屏风的诗”）与作为文体的“屏风诗”混淆起来。古往今来，有许多诗人把自己写屏风的诗也命名为“屏风诗”。如唐代诗人**李商隐**的《屏风》，就是一首写屏风的诗，而非作为体裁的“屏风诗”。

集名诗：诗翁之意不在“名”

集名诗，又叫杂名诗、缀名诗、类名诗。它是由人名或物名连缀而成的诗。具体包括姓名诗、地名诗、星名诗、树名诗、草名诗、花名诗、药名诗、针穴名诗、卦名诗、龟兆名诗、歌曲名诗等。胡才甫《诗体释例》（1936 年）所举多达 23 种。

在集名诗中，名（名字或名称）只是一个语符，写名不是诗人创作的主旨，主旨在名之外。所以，不能把凡是写了人名或物名的诗都当作集名诗。倘若如此，就没有哪首诗不是集名诗了。比如，李白《赠汪伦》：“李白乘舟将欲行，忽闻岸上踏歌声。桃花潭水深千尺，不及汪伦送我情。”

诗中有李白、汪伦两个人名，却不能算姓名诗；诗中有“桃花”，也不能说就是花名诗。杜甫的《饮中八仙歌》写了与作者同时代的饮中八人，也不能算姓名诗，还写入了“酒”“井”“船”等诸多事物的名称，也不能以那些事物名称来界定诗体。这是因为集名诗中的人名或物名必须在脱其本身符号后还别具意义。换句话说，诗中的人名或物名须转化为诗中特定意境下不可或缺的意象，而不是只有本义。而上述两首诗中的人名和物名只具本义，而无他义之转化。

集名诗最早出现在六朝时期。最具代表性的诗人是沈约、萧绎、鲍照、谢庄。

沈约(441—513)《和陆慧晓百姓名诗》采用集字法，将一百个姓字组合成一首姓名诗：

建都望淮海，树阙表衡稽。
井干风云出，柏梁星汉齐。
皇王临万余，惠化覃黔黎。
吉士服仁义，宿昔秉华圭。
庸贤起幽谷，钦言非象犀。
端委康国步，偃息召邦携。
举政方分策，易纪粲金泥。
伊余沐嘉幸，由是别园畦。
曾微涓露答，光景遂云西。
方随炼丹子，薄暮矫行迷。

此诗虽然由一百个姓连缀而成，但主旨不在这“百姓”（百个姓氏）上，而在颂扬梁王朝都城的气势、国家的兴盛，表达诗人自己慕仙求道的归隐之志；而因通篇由一百个姓构成，则又暗示了“百姓”祥和之义（或象征这兴盛之国是由“百姓”构成）。虽然诗翁之意不在“名”，但这样的写法无疑增加了诗的创作难度，收获了趣味性和新奇感。

沈约的这首诗，没有使用一个姓之外的字，非常具有独创性，可谓前无古人，后无来者。

萧绎(508 — 555）即梁元帝，他在诗歌形制上进行了广泛的探索和创新。仅在集名诗方面，就创作了《姓名诗》《将军名诗》《星名诗》《树名诗》《草名诗》《药名诗》等数首。且读他的《将军名诗》：

虎旅皆成阵，龙骑尽能陣。
鸣鞭俱破虏，决胜往长榆。
细柳浮轻暗，大树绕栖乌。

楼船写退鹢，樯乌狎飞凫。
度河还自许，偏与功名俱。

此诗旨在写王师的威武雄壮与将士杀敌致功的决心，却又因集合了古代将军的各种称号——像虎旅、龙骑、破虏、决胜、细柳、楼船、大树、飞凫、度河，所用位置恰到好处，使作品妙趣横生。

南北朝之后，集名诗创作持续不断。如唐代文学家**权德舆**、**皮日休**、**陆龟蒙**等都有新探。后人还将集名诗与格律诗元素融合起来，如明代**陆采**（1495—1540）的《姓名诗》，就把格律诗的对仗、平仄等引入诗中：

穆穆文孙交景运，端居乔宇抚清时。
丝纶遥起山林俊，化雨重陶琰琬资。
韶乐杨廷和舜吕，溪毛澄水荐先师。
功如随费宏谟远，寿比钱彭泽庆垂。
共说天王守仁义，万年盘石宝图维。

此诗所嵌人名均为作者同时代人，他们是孙交、乔宇、林俊、陶琰、杨廷和、毛澄、费宏、彭泽、王守仁、石宝。

明清诗人还将集名诗推演到词体中。清代戏曲大家**尤侗**（1618—1704）有一首集美人名的词《巫山一段云》，如此写道：

紫玉雕歌扇，红绡织舞裙。
年华小小貌真真，锦字写双文。
花蕊当窗见，兰香隔座闻。
莫愁春信夜来分，入梦有朝云。

词中的紫玉、红绡、小小、真真、双文、花蕊、兰香、莫愁、朝云均是美人名。

在集名诗中，药名诗占的比重是比较大的。而且，早期的药名诗就显得很成熟。

且读**萧绎**的这首《药名诗》：

戍客恒山下，常思衣锦归。
况看春草歇，还见雁南飞。
蜡烛凝花影，重台闭绮扉。
风吹竹叶袖，网缀流黄机。
讵信金城里，繁露晓沾衣。

诗中所用药名是：恒山（即常山）、常思（即苍耳）、雁南飞（即雁来红或叫后庭花）、蜡烛（即药用烛烬）、重台（即玄参）、竹叶（可入药）、流黄（即硫黄）、金城里（即金城李）、繁露（即落葵或名天葵）。

此诗前四句以征人的视角表达荣归之心。“南飞之雁”在平添愁绪的同时，又自然地将诗歌线索带到了闺阁之中。而后六句由征人视角换为思妇视角（是此诗出彩的关键），通过夜晚痴等、白日女工、心理活动三个方面的共同作用，构成了一个比较丰满、完整的思妇形象。

诗人综合了闺怨和思归两条线，写出了戍人和思妇的哀愁别绪，涵盖了征战的豪情与故乡的牵挂。这一收一放、一张一弛之间，也体现出一种人文关怀。作品短小，语言却清新自然，颇有几分乐府风味，写得相当柔婉含蓄。诗中明月与捣衣的组合相得益彰，更添相思之意。

唐代文学家**权德舆**（759—818）的《药名诗》已将七绝格律融入其中：

七泽兰芳千里春，潇湘花落石磷磷。
有时浪白微风起，坐钓藤阴不见人。

这首诗写的是暮春垂钓时所见到的一些景色，既典雅又别有风趣。诗中，泽兰（又名地瓜儿苗）、千里春、花落石、白微（即白薇）、钓藤（又名钓钩藤）、阴不见等均为药材名。

吴承恩（约1500—1583）的小说《西游记》在第三十六回“心猿正处诸缘伏，劈破傍门见月明”中，有一首唐僧抒发情怀的药名诗。其曰：

自从**益智**登山盟，**王不留行**送出城。
路上相逢**三棱子**，途中催趱**马兜铃**。
寻坡转涧求**荆芥**，迈岭登山拜**茯苓**。
防己一身如**竹沥**，**茴香**何日拜朝廷？

诗中的红字均为药名。虽然药的功能与诗的内容无关，但由这些药名转化而来的词义却与《西游记》的情节完全吻合。

诗的大意是：自从抱定增益智慧的信念赴大西天取经，就立下了克服艰难险阻的誓言；君王送唐僧西行出城时怕耽误了他的行程，不便挽留；一路上恰好遇上了孙悟空、猪八戒、沙和尚三位徒弟；此后师徒催着白龙马赶路，听着马兜铃的声声脆响；跋山涉水，寻路探险，只为获得真经戒律；登得山顶不忘跪拜西天如来大佛灵；时时提醒自己不被妖魔迷了心窍，始终做到心地不染尘埃，像烧烤竹子渗出的液汁一样纯净；只盼早日取经成功返回大唐献给朝廷。

吴承恩采用九味药名渗入诗中，使其与小说内容浑然一体，令人叫绝。试想，若不借助这些药名来营造意象，此诗不是索然无味吗？

我国古代重视天文地理的探索，因而，在集名诗中也有不少星名诗、地名诗。这类诗均始于南北朝时期，如南朝的**谢庄**（421—466）创作了地名诗《自浔阳至都集道里名为诗》、沈约创作了地名诗《奉和竞陵王郡县名诗》，萧绎、萧王融等人创作了《星名诗》。下面这首《星名诗》为唐代文学家**权德舆**所作：

虚怀何所欲，**岁**晏聊懒逸。
云**翼**谢翩翩，松**心**保贞实。
风秋**景**气爽，叶落**井**径出。
陶然美**酒**酣，所**谓幽人**吉。
自当轻尺**璧**，岂复扫一室。
安用簪**进贤**，**少微**斯可必。

以上红字都是古代的星名。其中谓与胃（星名）谐音；璧与壁（星名）谐音。

作者权德舆是颇负盛名的中唐名臣（宰相）。这首诗借“星名诗”这一形式对田园归隐、怡然自得的淡然生活的颂扬，但其中却又包孕着对壮志未酬、怀才不遇境遇的感伤。

此诗抒写了这样一种人生境界：虚怀若谷，无所欲求，年年岁岁都在闲适中度过；常看云端飞鸟搏击长空，做人如坚实的松木忠贞不二；多感受朗朗晴空、秋风劲吹、树叶飘落在井边小径上的自然风景；细细体味那醉人的美酒和由此带来的隐士般的快乐；以尺璧之玉为轻，何须忙碌于整饬自己的居室；贤人名士何须达官贵人赏识和推荐呢，只需像博学的处士一样隐居山林就行了。

需要注意的是：不能把集名诗与藏头诗、药名歌诀混淆起来。藏头诗所隐藏的语句正是诗人所要表达的主旨，集名诗中的人名、物名等并非诗之主旨（只是一种借体），二者用意恰好相反。

集名诗中的树名诗、草名诗、花名诗、卦名诗等，与姓名诗、药名诗、星名诗写法大体相同，故此略去。

另有数名诗，归于集名诗或序数诗中似乎皆可。但因此类诗词写作不但要使用数之名称，更要遵循数之自然之序，其对诗的规制有别于集名诗各体，本书把它放到序数诗中介绍。

序数诗：万物有数自成序

序数诗是将自然序数按照时空变化规律嵌入诗中，形成复沓节奏和自然之趣。诗中的序数可以从小到大，也可以从大到小，还可以两种序顺兼而有之，但不得杂乱为之。

序数诗，也可叫杂数诗。胡才甫《诗体释例》把它分为若干小类，云：“诗以数为题名者甚多。有两仪、三叹、四时、四气、四怨、四色、五情、五噫、五苦、五盛阴、六忆、六甲、六腑、七忿、八音、八咏、十索、十空、十离、十喻、十二属、十二月、百年之类；又有数名诗，以数为诗，自一至十数是也。”

先说数名诗。

现存最早的数名诗，是南朝文学家**鲍照**（416—466）的《数名诗》：

一身仕关西，家族满山东。
二年从车驾，斋祭甘泉宫。
三朝国庆华，休沐还旧邦。
四牡曜长路，轻盖若飞鸿。
五侯相饯送，高会集新丰。
六乐陈广坐，组帐扬春风。

七盘起长袖，庭下列歌钟。
八珍盈雕俎，绮肴纷错重。
九族共瞻迟，宾友仰徽容。
十载学无就，善宦一朝通。

此诗将一至十的数字按顺序用在每联首句。看似数字游戏，却深寓讽刺意味。出身寒微的鲍照，对魏晋以来的门阀制度深恶痛绝，豪门子弟轻易得官受宠，平步青云声势显赫；寒门子弟十年苦读，却仕进无门。诗中通过对贵族官宦生活的描写，揭露了门阀制度下极不合理的社会现象。

数名诗中的“数”，不一定都得从小到大（按一至十）的顺序来写，也可以倒过来。如《西游记》作者**吴承恩**的《数名诗》，就是从大到小的顺序写的：

十里长亭无客走，九重天上现星辰。
八河船只皆收港，七千州县尽关门。
六宫五府回官宰，四海三江罢钓纶。
两座楼头钟鼓响，一轮明月满乾坤。

数名诗中“数”是一条写作的明线，暗线是情感，诗人往往用这两条线串联诗的意象，使诗意凝聚不散。诗中的数不同于数学口诀中的数，不是为了让人们弄清数量关系和把握数理逻辑，不具有统计学意义。

在数名诗中，数字往往被作者诗意化了。数字已不再是抽象的，而是有形态有质感的；不再是冰冷的，而是有温度有沸点的；不再是僵滞的，而是跃动的有灵性的。

且读清代礼部尚书、大学士**纪昀**(1724—1805，字晓岚，号石云、孤石老人）的《吟雪》：

一片两片三四片，
五片六片七八片。
九片十片片片飞，
飞入芦花皆不见。

诗中雪花数字由少到多，纷纷扬扬，一场雪景映入眼帘。末句更是生动传神：芦花与雪花皆为白色，当雪花飞入芦花丛中，再也见不到雪花。这种视觉体验是许多人都曾有过的，但未曾写过。诗人笔下的雪花，像活泼的孩童藏于芦花之间，给人无限的遐想。原本抽象的数字，依序叠加，不但不枯燥乏味，反而灵动有趣，这也得益于诗人的巧妙构思，即结尾一句突然刹住一路铺陈数字的惯性，令片片可数的雪花戛然“消失”，读者只能在淡淡的遗憾中细细寻味大自然的美与趣。

再说五更诗。

南北朝（陈）**伏知道**（生卒年不详）《从军五更转五首》是目前查到最早的一首五更诗。

一更刁斗鸣，校尉逴连城。
遥闻射雕骑，悬惮将军名。

二更愁未央，高城寒夜长。
试将弓学月，聊持剑比霜。

三更夜警新，横吹独吟春。
强听梅花落，误忆柳园人。

四更星汉低，落月与云齐。
依稀北风里，胡笳杂马嘶。

五更催送筹，晓色映山头。
城乌初起堞，更人悄下楼。

旧时，把自黄昏至拂晓一夜间，按每两个小时为一更，分为“五更”。此诗，按五更时序写将士们彻夜戍守边城的生活：一更，军威赫赫，敌人闻风丧胆；二更，将士月下比试弓剑，雄姿勃发；三更，将士横笛吹起思乡之曲；四更，月落星横，马嘶人起；五更，山头一片曙色，惊醒的乌鸦从城头起飞……全诗格调悲壮苍凉，边塞军营情景一幕幕呈现在读者眼前。

最后说说六甲诗。

六甲是中国古代文化中的一个常见词。古代用天干地支相配计算时日。“天干地支”中的“天干”，即：甲、乙、丙、丁、戊、己、庚、辛、壬、癸；“地支”即：子、丑、寅、卯、辰、巳、午、未、申、酉、戌、亥。“天干”与“地支”可排列而成六十组“干支”（甲子、乙丑……），即六十甲子。其中以“甲”起头的有甲子、甲戌、甲申、甲午、甲辰、甲寅六组，称为“六甲”。“六甲”还有其他一些含义，如把妇女怀孕称“身怀六甲”（因为古人认为六十岁是人的正常寿命）。六甲诗就是将这六甲序数嵌入诗中，借用字面，组词成诗。

南北朝梁陈间诗人**沈炯**（503—561）的《六甲诗》值得赏读：

甲拆开众果，万物具敷荣。
乙飞上危幕，雀乳出空城。
丙魏旧勋业，申韩事刑名。
丁翼陈诗罢，公绥作赋成。
戊巢花已秀，满塘草自生。
己乃忘怀客，荣乐尚关情。
庚庚闻鸟啭，肃肃望凫征。

辛酸多悯恻，寂寞少逢迎。
壬蒸怀太古，覆妙伫无名。
癸巳空施位，讵以召幽贞。

此诗将“天干”的十个序数字嵌入句首，以这些字所隐含宇宙万物变化之理作为结构线索，串联全篇，并融入作者对人生之变及时运不佳、幽贞不见的深切感慨。十“天干”从“甲乙”写起，毕于“壬癸”，含阴阳盛衰之理，物象如彼，人生遭际如斯，结局如何，难以预卜。

诗人让我们按照从“甲”到“癸”的顺序，来看这世界的兴盛衰败与时代际会之变：

（甲）萌甲随一声春雷裂开，百果吐芽，草木开花，我们看到万物的生机；

（乙）鳦鸟（燕子）悬空筑巢于墙幕上，雀儿惊飞于空城，似乎又存有危恶之况；

（丙）丙吉和魏相同心辅政，申不害与韩非同主刑名之学，他们的功勋彪炳史册；

（丁）丁翼作诗，公绥为文，皆有成就，可谓名噪一时；

（戊）繁茂之树自然要开花，池塘里也会慢慢长出草来（我由此看到万物由萌芽到盛大的规律）；

（己）自己虽是“忘怀客”，但看到繁荣快乐之事，也会为之动情；

（庚）“庚庚”婉转之声，让我敏感地望见那快速飞行的水鸟，想起“肃肃宵征，宿夜在公”的诗句；

（辛）艰辛哀切之时，就做个寂寞之人，不去做那些疲于应酬之事（以待万象更新）；

（壬）壬蒸浑沌孕育着苍古的时间，覆妙之神包含着未形无名的天道；

（癸）可如今癸巳空位（流年改变），谁知道能否给幽隐之人带来贞吉之运！

全诗意脉似断而续，娓娓述说心曲。

历史上写“六甲诗”“属相诗”“十二时辰诗”的作者、作品较多，不胜枚举。就目前所见，篇幅最为宏大的是唐代诗人**杜光庭**的《六十甲子歌》，全诗50节，共700句。

六甲诗归为集名诗和序数诗皆可。

有人把四色诗、五行诗、六腑诗、八音诗等均列为序数诗，本书以为将其归于集名诗更符合其写作规制，因为这些诗虽然通常会顾及所写色、行、腑、音等先后之序，但其序与诗义无关。

神智诗：诗书一体总会意

神智诗是借助汉字可拆分的特点与书法艺术相融合所写成的一种形趣诗。

这种诗体就文字构造来讲，它有长有短，有横有侧，有粗有细，有反有倒，有正有斜，有的还有残缺，同时融合了书法的表现技巧，以形画图，以意铺垫，让人自解自悟，因形意新奇，能启人神智，所以叫作神智诗。它主要的特征是字形的变化。靠字形大小、粗细、长短、排列的疏密、笔画增缺、位置高低、正反、颠倒、侧斜、反书、拆借，以及文字的变形等方法形成异常外观，以及颜色的变化来显示诗的奇巧设计。它是汉字“以形见义”的最直接的表达和延伸，人们读时须以看图会意的方法来理解。

从“拆字”角度讲，神智诗也可以看作拆字诗的一个分支；而从看图会意的角度讲，也可称为“形意诗”；还因为它有相当于谜语“猜”“悟”的特点，所以还叫“谜象诗”。

有人认为，神智诗为宋代大学士、诗人**苏东坡**首创。《辞海》收录了“神智诗”一词以及苏东坡作《晚眺》一诗考倒西辽使者的典故。

传说，北宋时期辽国有个使者来到汴京，目空一切，吹嘘自己能诗善赋，用他们创造的辽文写诗，考倒朝廷的文武百官。因为辽文是从汉字变化而来，看起来像汉字，但又不是汉字。苏东坡为了压一下他的傲气，轻蔑地说：“赋诗易，观诗稍难。”这话中明显藏有伏笔，可辽使大笑，说宋朝大文人说这样的话真外行。谁知当他看到苏东坡写的诗，无论如何也读不出个所以然来，终究服了输。此后，他再也不敢向人炫耀自己的“诗才”了。

苏东坡的《晚眺》写法是：

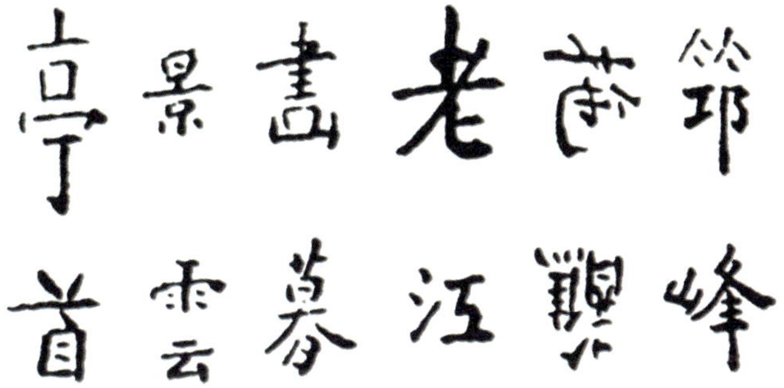

读法是：

长亭短景无人画，老大横拖瘦竹筇。
回首断云斜日暮，曲江倒蘸侧山峰。

此诗是一首七绝。七绝每首本来是二十八个字，每句七个字，现在每句仅三个字，整首诗十二个字，就完成了诗意表达，而且又合乎七绝的平仄，押平水冬韵。此诗大意是：眼前是一座古朴的凉亭，一位拄着竹杖歇息的老人回过头来，从时断时续的云层中望着薄暮时刻的斜阳，而斜阳之下那弯弯曲曲的江水呈现出秀丽山峰的倒影。这般宁静优美、诗意盎然的风景却无人来描绘！有人称之“神智体七绝”，不无道理。就意蕴来看，诗中有景有人，有静有动，有远有近，全然一幅意境渺远而灵动的山水图画，此“言有尽而意无穷”之境，足以与李白的《望庐山瀑布》媲美。这样的诗，创作上有多重难度，需要很高的智慧，用现在的话说，相当烧脑。别说当时，九百多年过去，又有多少人写得出来！

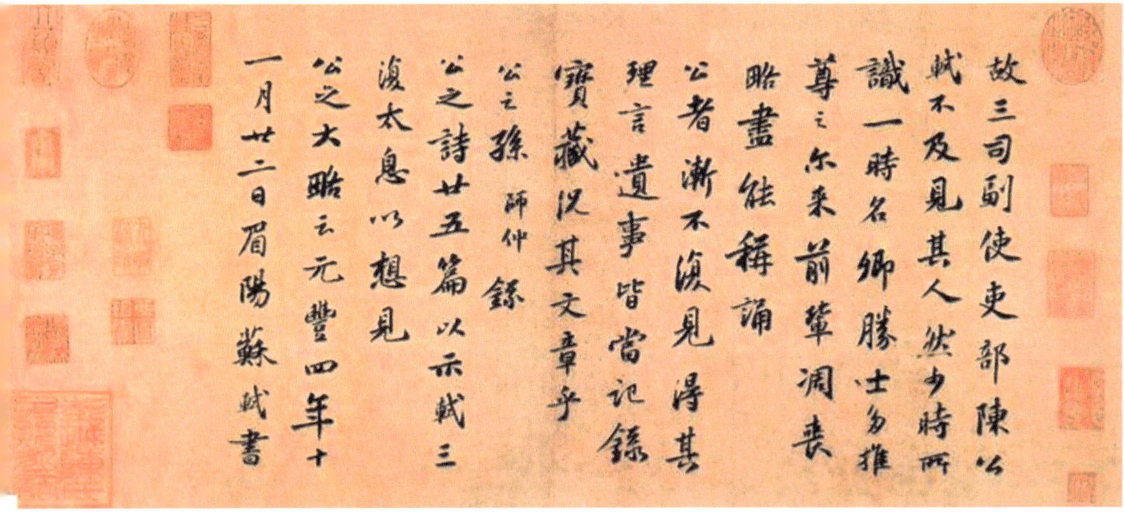

苏轼书法（内容：三司副使吏部陈公，轼不及见其人。然少时所识一时名卿胜士，多推尊之。尔来前辈凋丧略尽，能称诵公者，渐不复见。得其理言遗事，皆当记录宝藏，况其文章乎？公之孙师仲，录公之诗廿五篇以示，轼三复太息，以想见公之大略云。元丰四年十一月廿二日，眉阳苏轼书。）

宋之后，写神智诗的大有人在，除了文人创作，民间的神智体民歌民谣，也比比皆是。例如，多省广为流行、用字大同小异的《长夜》。

此诗读作：

长夜横枕门半开，小妻反身月偏斜；
短命到今无口信，望断肝肠无人来。

诗中描写一妇女对丈夫未能如期归来，甚至连“口信”也未捎回的责怨之声。她“骂”丈夫为“短命鬼”以及全诗粗俗语气正合山野村妇之个性。其中“到”与“倒”、“长”与“肠”谐音。与苏东坡的《晚眺》比，真是一雅一俗，一阳春白雪，一下里巴人。《长夜》固然没有《晚眺》的景意高，但这俗也俗得别有一番情趣——可谓俚俗之气漫溢！

神智诗也引起了剧作家的兴趣。林心如主演的42集电视剧《倾世皇妃》中的《长夜》与上面这首差别不大，可能是对民间作品略作修改加以应用。

随着印刷技术的发展，彩色出版并未增加太多成本，尤其是电子书刊的出现为彩色创作和传播提供了更为便利的条件，于是近年来又有人把颜色作为诗歌创作元素，而出现了“彩色神智诗”。如“小草儿”（笔名）的《景》：

此诗读作：

山倒虚潭影，红斜叶掩芽；
云横天半蔽，雨细女归家。

“彩色神智诗”无疑增加了诗歌的视觉元素。这与苏蕙的织锦《璇玑图诗》用彩线增加视觉效果还是有所区别。《璇玑图诗》的色彩虽然传达了作者于文字之外的丰富情感，但去掉彩线也不影响诗歌基本内涵的完整性，加上古代彩印十分困难，所以，古籍中无法保留原作的原貌。而“彩色神智诗”已经让色彩成为诗意表达的基本元素，若去掉色彩就无法体现原作的基本内涵。这是诗歌创作在数字时代的新探索。

神智诗是靠心领神会和智慧来“破译”。由于它“以义写图，使人自悟”，兼有会意的性质，可谓“察之于未形”。除了诗歌审美价值，神智诗还有训练人们思维的作用。对平常人来说，即使诗艺不高，若能在一种智力游戏中使文学水平有所增进，何乐而不为？

顺便提一下，西方也流行一种“图形诗”，与神智诗有某些相似之处，但毕竟语种不同，那些外文字母原本就不是会意字，其艺术上的内在建构与汉语诗有天壤之别，而且相互之间没有因袭关系，无须多说。

三艺诗：互为表里的诗书画

下面要说的是一种跨艺术门类的表现形式。它既是诗歌，也是图画，还是书法。三艺诗是货真价实的三位一体。

先看一个实例：

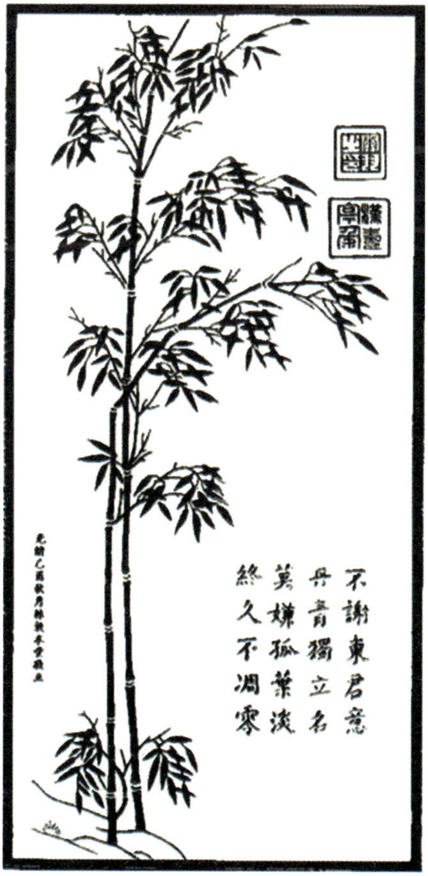

初看，这是一幅画，是一幅写竹子的画，画的一旁还题有一首诗，仅此而已。

但仔细一看，你会发现那些摇曳的竹叶间隐藏着一个个文字，那些字正好与旁边那首五言诗相同：

不谢东君意，
丹青独立名；
莫嫌孤叶淡，
终久不凋零。

竹树旁边的诗完全可以拿

掉，因为竹本身就是诗。作者之所以将其置于一旁，或许也是想让更多人读懂此诗或注意到作者的创新之处。

涿州原楼桑庙三义宫内嵌于照壁之上的风雨竹图文碑（拓片）

这是河南洛阳关林镇关帝庙的“关帝诗竹图”。传说是关羽所作，诗中“东君”指曹操，“孤叶”喻刘备战败失利，势力薄弱犹如孤叶一般。它是不是关羽所作，难以确定。有研究者认为，这是清代康熙五十五年（1716年）韩宰所作。不管是谁的创作，作为一件新颖独到的作品，它确实存在。

其实，与其大同小异的作品在我国多处可见。如湖北荆州、广东丰顺县、潮州和河北定州、涿州等地都立有“竹叶诗画碑”，重庆奉节白帝城存有“丹青正气图”，山东肥城金槐立有“风雨竹碑”，陕西咸阳、江苏淮安（《西游记》作者吴承恩的故居）亦有此碑，等等。

清道光年间竹叶碑，现保存在定州“中山汉墓”院内
（“凋零”二字在竹根处）

以上两图为正德七年（1512 年）河北涿州重修昭烈庙时所刻“风雨竹碑”

以上各碑风格不同，可见绝非出自一人之手。当今，还有人或把“风雨竹”制成绣品和剪绒，或将其印制在伞上和扇上。人们对“竹叶诗”的喜爱可见一斑。当然，不只是形式特别，还有那劲竹的清高、坚韧的意蕴和诗中隐含的关羽英雄形象萦绕人心。

三艺诗创造难度极大，它需要作者同时兼具诗人、画家、书法家的艺术素养。就拿这“竹叶诗”来说，你看那风中劲竹，其竹叶下垂如遭暴雨淋浇，其中一竿似被风摧折，但折而不断，十分坚韧。这画形、书法与诗意如此浑然天成，不是轻易能够达成的——堪称一奇！

人们根据题材类别通常把它叫作“竹叶诗”或“风吹竹叶诗”等，但从体裁角度讲，叫三艺诗更具概括性。

三艺诗并不框定题材类别，不局限于竹类题材，其他题材亦可入诗。如清代文学家张潮的《蝶梦》：

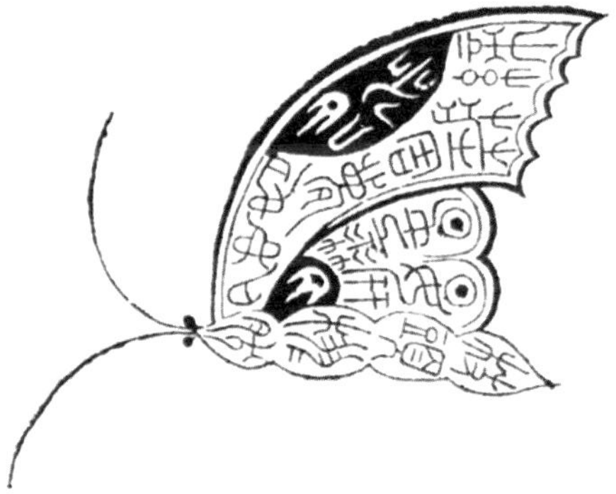

张潮（1650—约 1709）不仅是小说家、批评家，还是刻书家，著述颇丰。他在《蝶梦》中融入了篆书这一艺术，而现实中的蝴蝶花纹又酷似篆书。

这是一首五言绝句，从右下角“枝头”开始，向左读，左端“燃”的古字为“然”，其“火”字极像蝴蝶的胡须与眼睛；次句从“燃”字“月”旁读起，读至阴文“仙”字；第三句从阴文“永”字起，往右旋读，返回到阴文下方的“梦”字；第四句从阴文“山”字读起，往右旋读至“妍”字毕，其“日”极像翅翼之斑点。

全诗为：

枝头栩栩燃，月夕也如仙；
永缔庄周梦，山花春日妍。

作品取材于庄周梦蝶。张潮对此题材颇有研究，他在《幽梦影》中写道："庄周梦为蝴蝶，庄周之幸也；蝴蝶梦为庄周，蝴蝶之不幸也。"后人认为，此语点出了庄子哲学的精髓，成为常被引用的哲语。《蝶梦》寄寓了张潮对庄周哲学思想的理解与向往逍遥之境的出世情怀。你看：蝴蝶在枝头上翩翩起舞，生命旺盛如同点燃的火苗；月夕花朝，活得像神仙般逍遥自在；但愿自己也能永远像庄周那样梦见自己化为蝴蝶；也像蝴蝶一样天天守护着灿烂的春光与争奇斗艳的山花……这似乎在说：我多么想化身为一只蝴蝶，自在而逍遥，远远地飞离这喧嚣的尘世。

这件作品无论是画的构图、诗的意蕴、篆书艺术都十分到位，且三者在形、神两方面都高度融合。

另外，《蝶梦》也是一首典型的园径诗。它的阅读方式跟游园路径一样弯曲回转。

从上面所举诗例中可以看出，三艺诗中的诗、书、画是一体的。它不像我们通常赞誉一幅画时说"画中有诗"，或赞誉一首诗时说"诗中有画"，那只是对其艺术境界的一种比喻；也不同于我们通常所说"配诗画"或"题画诗"，"配诗画"和"题画诗"的诗与画是相互配合、烘托的关系，但没有制约关系，诗与画是可以分开来看的。三艺诗则不同，其诗、书、画完全融合为一体，互为表里，互为成因；书画是诗的构件，诗也是书画的构件，不可拆分；如果拆分，原来的效果就不复存在。三艺诗中的诗、书、画也没有主从之分。有人纠结于这三艺诗究竟是诗还是画或书法，其实大可不必。

三艺诗中的字画也不同于"花鸟体文字"中的字画。花鸟文字中的“花鸟”可以用来书写任何题材、任何内容，它类似于象形文字。花鸟文字始于汉、晋、南北朝，唐朝出现了比较完备的花鸟字，武则天题写的《升仙太子碑》碑题每个字有一笔或多笔呈现出飞鸟的形态，这跟“升仙”二字的含义有所暗合（见图一）。但总体来看，花鸟文字主要还是作为一种艺术字出现。1929 年，有人用蝌蚪文（花鸟字之义一）刻制的魏晋时期傅玄《席铭》中的两行警句，虽每笔都是一只蝌蚪的形状，但其蝌蚪与警句内容毫无相关（见图二）。至于近些年街头地摊的嵌名作画，其花鸟虫鱼形象更是与所书内容无内在关联，但这并不说这些字画没有价值，有的书画家也参与此类创作（见图三），只是说三艺诗与其区别明显。三艺诗中的每一个图形和文字都只属于“这一首诗”。如，前面所说“竹叶碑”上竹叶的形态和神韵必须是“竹叶诗”意境的呈现；《蝶梦》中的蝴蝶形象也是专为这“蝶梦”之境所作，不可将非“蝶梦”意境的诗也用一只蝴蝶来呈现。不过，三艺诗与花鸟字在发展渊源上还是有联系的。从创作上讲，这方面也有很大的探索空间。

图一　武则天题写的《升仙太子碑》

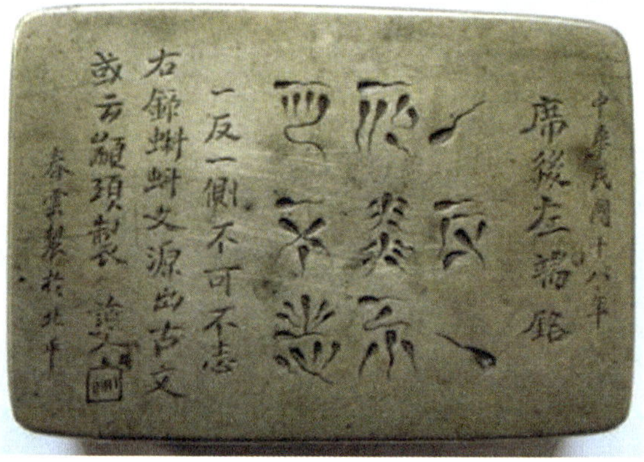

图二　魏晋时期傅玄《席铭》（1929 年制）

图三　花鸟字《自强不息》（姜国军作）

棋谱诗：着着不同，字字求异

上面所说“三艺诗”，作为诗书画融合，跨了艺术门类，诗与书画的表现形式迥异，但诗与书画的思维方式毕竟是相同的，即形象思维，二者都是审美艺术。现在我们要说的棋谱诗，它不但跨越了艺术门类，还跨越了思维方式。棋类博弈是高度的抽象思维，即它靠算计、预判与应对来实施，在常人眼中，这跟诗歌真的是八竿子打不到一起，可是有人偏偏把它们“打”到一起了，并且形成了一种新的诗体——棋谱诗，也叫写盘体。

古人记棋谱，最早是用数字，后来用歌诀。棋谱歌诀是韵文，缺乏诗意，只有助人记忆的功能。明代古谱《石室秘传》中所收**吴晋叔**(生卒不详)《四景词》则兼有记谱歌诀和诗歌的双重价值。这《四景词》完全排列成围棋棋盘形式，除一个“天元”位用圆点或圆圈表示，整体切为四大方块，每方写一个季节的景事，全诗共有三百六十字。它不是随便把四首诗分别放置于四个方块中就行的，因为它要用来记棋谱的，每一字须代表棋盘上的一个交叉点，这就对文字有了规制，即每个字都要不同。如在“秋诗”中，说到“扬”字，即可知道指的是横第一排，直第九格。正因为形式对内容有制约作用，它才能作为一种独立的诗体存在。

《四景词》内容及排列方式如下：

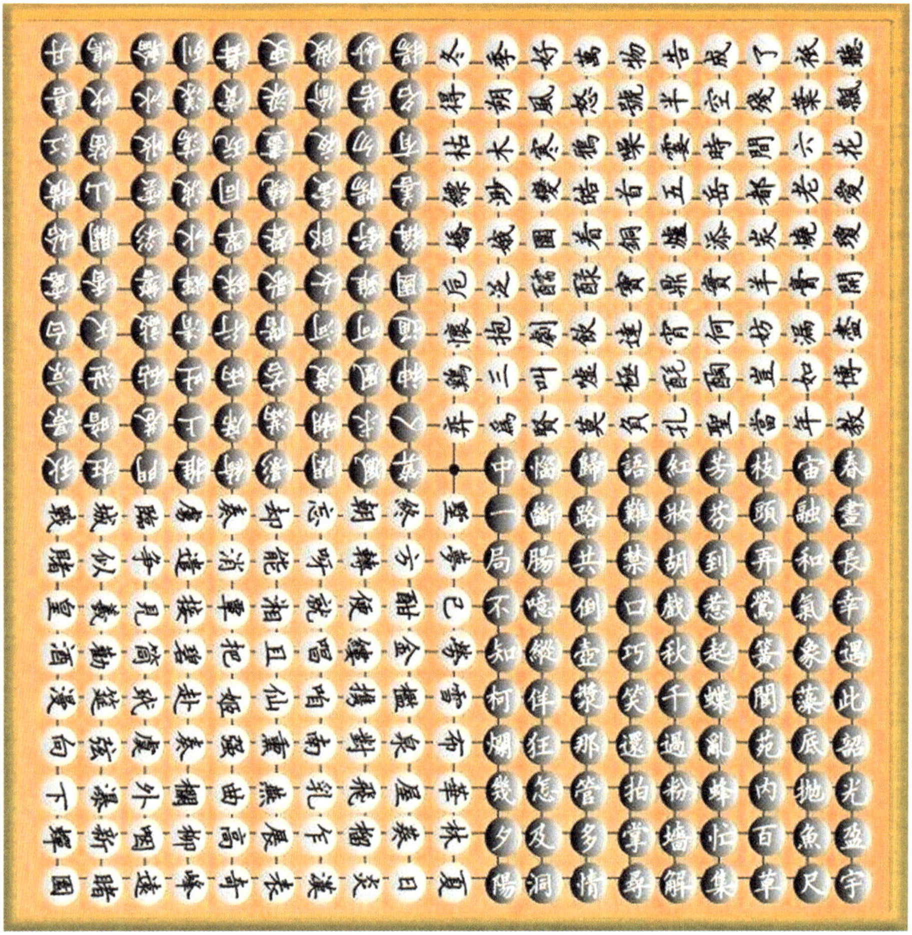

此诗读为：

春昼长，幸遇此韶光。
盈宇宙，融和气象。
藻底抛鱼尺，枝头弄莺簧。
阆苑内百草芳芬，到惹起蝶乱蜂忙。
集红妆，胡戏秋千过粉墙。
解语难禁口，巧笑还拍掌。
寻归路，共倒壶浆，那管多情恼断肠。
噫，纵佯狂，怎及洞中一局，不知柯烂几夕阳。

夏日炎，汉表奇峰远。
睹园林，葵榴乍展。
高柳咽新蝉，华屋飞乳燕。
曲栏外瀑下布泉，对南熏强奏虞弦。
向雪槛，携咱仙姬赴玳筵。
漫劳金缕唱，且把碧筒劝。
酒已酣，便就湘覃，接见羲皇梦方转。
呀，能消遣，争似赌墅终朝，忘却秦虏临城战。

秋景凉，白露始横江。
喜丹枉，暗泄天香。
关山笛吹鸣，门巷砧敲响。
彩云收冰轮，推上吐清辉。
水波荡漾列绮席，两行珠翠同玩赏。
舞影满苔阶，歌声绕画梁。
更闲嘲渡河女郎，夤夜偷做凤求凰。
呵，虽舒畅，勿若妙算入神，通国称善有名扬。

冬季好，万物告成了。
只听得，朔风怒号。
半空残叶飘，枯木寒鸦噪。
霎时间六花，缥渺变皓首。
五岳都老爱娇娥，围着铜炉添炭烧。
琼卮泛醽醁，宝鼎实羊膏。
开怀抱，剧饮达宵，何妨漏尽鸡三叫。
嘘，极酕醄，岂如博弈为贤，莫负孔圣当年教。

全诗分四节写四季，景象万千，风情浓郁，且融入了作者对生活中美的感受以及弈棋娱乐时的畅快心情。写景、写物、写事、写人皆能触动感官，可见作者对事物的观察与体验细致入微。“纵佯狂，怎及洞中一局，不知柯烂几夕阳”一句，把弈者的沉迷之态写到了极致。此诗用了许多名诗词句及典故，语言活脱，尤其是“噫”“呀”“呵”“嘘”四个叹词的运用，使语言幽默风趣，“曲”味十足。从韵律上看，把这《四季词》叫“曲”似乎更确切些。在构思上，每写一季都用对比、映衬的手法，先写风景风俗如何迷人，接着一个叹词将意思转到弈棋的酣战场景上：一方面弈者沉迷到了有负这美好时光，一方面让人感到这弈棋场景也是这多彩季节中的一景。

这首《四季词》是以曲子词的形式呈现的，但并不是说棋谱诗都得用曲子词来写，清代巫信车改写过伯龄《三子谱》的五言棋谱诗，也别样有趣。

除围棋棋谱诗之外，还有人写过象棋诗（清代张潮的《象棋》）等多种，拓宽了棋谱诗的范围。

棋谱诗的创作难度在于：它既要能记棋谱，具有工具性；又要能承载作者的情感，具有艺术感染力；同时，四个方块中的文字，要对称，还不能重复用字。

杜甫、杜牧、白居易、王安石、王阳明等都是棋迷，所写咏棋诗十分精彩，但都不属于作为文体的棋谱格，不在此讨论。

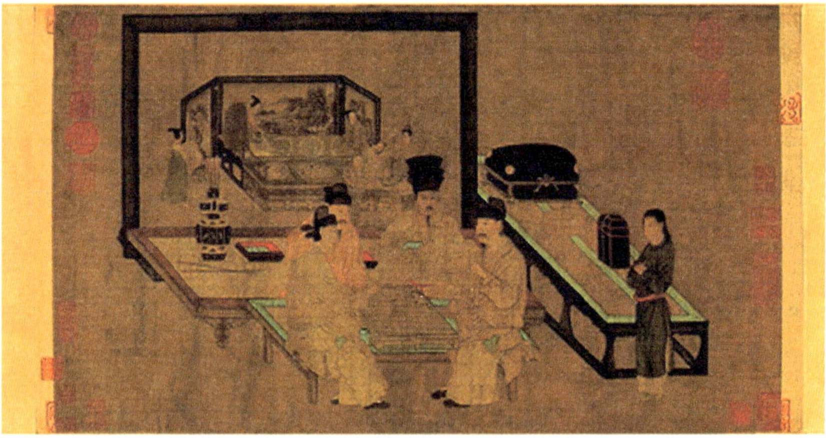

［五代］周文矩《重屏会棋图》

下编　诗例微评

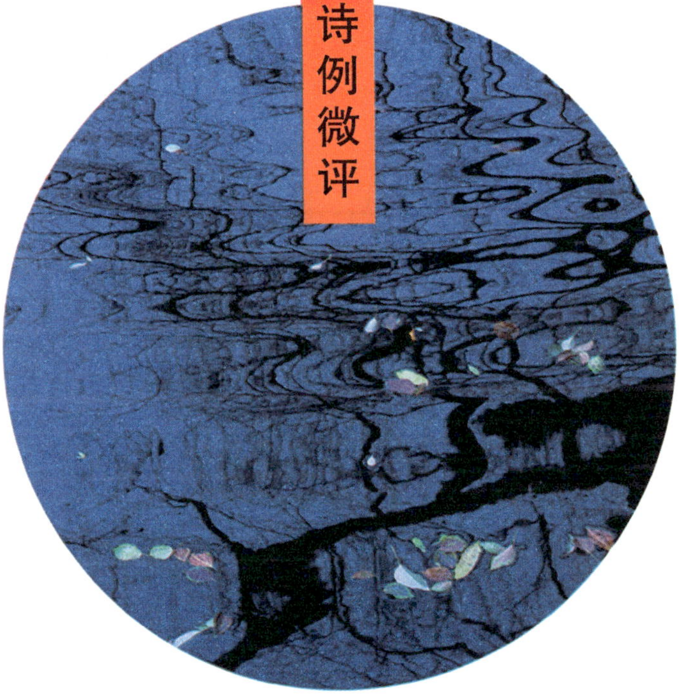

[战国] 屈原《天问》

曰：遂古之初，谁传道之？
上下未形，何由考之？
冥昭瞢暗，谁能极之？
冯翼惟旬，何以识之？
明明暗暗，惟时何为？
阴阳三合，何本何化？

圜则九重，孰营度之？
惟兹何功，孰初作之？

斡维焉系，天极焉加？
八柱何当，东南何亏？
九天之际，安放安属？
隅隈多有，谁知其数？

天何所沓？十二焉分？
日月安属？列星安陈？
出自汤谷，次于蒙汜。
自明及晦，所行几里？
夜光何德，死则又育？
厥利维何，而顾菟在腹？
女岐无合，夫焉取九子？
伯强何处？惠气安在？
何阖而晦？何开而明？
角宿未旦，曜灵安藏？

不任汩鸿，师何以尚之？
佥曰“何忧”，何不课而行之？
鸱龟曳衔，鲧何听焉？
顺欲成功，帝何刑焉？
永遏在羽山，夫何三年不施？
伯禹愎鲧，夫何以变化？
纂就前绪，遂成考功。
何续初继业，而厥谋不同？
洪泉极深，何以寘之？
地方九则，何以坟之？
河海应龙？何尽何历？
鲧何所营？禹何所成？

康回冯怒，坠何故以东南倾？

九州安错？川谷何洿？
东流不溢，孰知其故？
东西南北，其修孰多？
南北顺椭，其衍几何？
昆仑县圃，其尻安在？
增城九重，其高几里？
四方之门，其谁从焉？
西北辟启，何气通焉？
日安不到？烛龙何照？
羲和之未扬，若华何光？
何所冬暖？何所夏寒？

焉有石林？何兽能言？
焉有虬龙，负熊以游？
雄虺九首，儵忽焉在？
何所不死？长人何守？
靡蓱九衢，枲华安居？
灵蛇吞象，厥大何如？
黑水玄趾，三危安在？
延年不死，寿何所止？
鲮鱼何所？鬿堆焉处？
羿焉彃日？乌焉解羽？

禹之力献功，降省下土四方。
焉得彼嵞山女，而通之于台桑？
闵妃匹合，厥身是继。
胡为嗜不同味，而快鼂饱？

启代益作后，卒然离蠥。
何启惟忧，而能拘是达？
皆归射鞠，而无害厥躬。
何后益作革，而禹播降？
启棘宾商，《九辨》《九歌》。
何勤子屠母，而死分竟地？

帝降夷羿，革孽夏民。
胡射夫河伯，而妻彼雒嫔？
冯珧利决，封豨是射。
何献蒸肉之膏，而后帝不若？
浞娶纯狐，眩妻爰谋。
何羿之射革，而交吞揆之？
阻穷西征，岩何越焉？
化为黄熊，巫何活焉？

咸播秬黍，莆雚是营。
何由并投，而鲧疾修盈？
白蜺婴茀，胡为此堂？
安得夫良药，不能固臧？
天式从横，阳离爰死。
大鸟何鸣，夫焉丧厥体？
蓱号起雨，何以兴之？
撰体协胁，鹿何膺之？
鳌戴山抃，何以安之？
释舟陵行，何之迁之？

惟浇在户，何求于嫂？

何少康逐犬，而颠陨厥首？
女歧缝裳，而馆同爰止。
何颠易厥首，而亲以逢殆？
汤谋易旅，何以厚之？
覆舟斟寻，何道取之？

桀伐蒙山，何所得焉？
妹嬉何肆，汤何殛焉？
舜闵在家，父何以鳏？
尧不姚告，二女何亲？
厥萌在初，何所亿焉？
璜台十成，谁所极焉？
登立为帝，孰道尚之？
女娲有体，孰制匠之？
舜服厥弟，终然为害。
何肆犬体，而厥身不危败？
吴获迄古，南岳是止。
孰期去斯，得两男子？

缘鹄饰玉，后帝是飨。
何承谋夏桀，终以灭丧？
帝乃降观，下逢伊挚。
何条放致罚，而黎服大说？

简狄在台，喾何宜？
玄鸟致贻，女何喜？
该秉季德，厥父是臧。
胡终弊于有扈，牧夫牛羊？
干协时舞，何以怀之？

平胁曼肤，何以肥之？
有扈牧竖，云何而逢？
击床先出，其命何从？

恒秉季德，焉得夫朴牛？
何往营班禄，不但还来？
昏微遵迹，有狄不宁。
何繁鸟萃棘，负子肆情？
眩弟并淫，危害厥兄。
何变化以作诈，而后嗣逢长？
成汤东巡，有莘爰极。
何乞彼小臣，而吉妃是得？
水滨之木，得彼小子。
夫何恶之，媵有莘之妇？
汤出重泉，夫何罪尤？
不胜心伐帝，夫谁使挑之？

会朝争盟，何践吾期？
苍鸟群飞，孰使萃之？
列击纣躬，叔旦不嘉。
何亲揆发足，周之命以咨嗟？
授殷天下，其位安施？
反成乃亡，其罪伊何？
争遣伐器，何以行之？
并驱击翼，何以将之？
昭后成游，南土爰底。
厥利惟何，逢彼白雉？
穆王巧梅，夫何周流？

环理天下，夫何索求？
妖夫曳炫，何号于市？
周幽谁诛？焉得夫褒姒？
天命反侧，何罚何佑？
齐桓九会，卒然身杀。
彼王纣之躬，孰使乱惑？
何恶辅弼，谗谄是服？
比干何逆，而抑沉之？
雷开阿顺，而赐封之？
何圣人之一德，卒其异方：
梅伯受醢，箕子佯狂？
稷维元子，帝何竺之？
投之于冰上，鸟何燠之？
何冯弓挟矢，殊能将之？
既惊帝切激，何逢长之？

伯昌号衰，秉鞭作牧。
何令彻彼岐社，命有殷国？
迁藏就岐，何能依？
殷有惑妇，何所讥？
受赐兹醢，西伯上告。
何亲就上帝罚，殷之命以不救？
师望在肆，昌何识？
鼓刀扬声，后何喜？
武发杀殷，何所悒？
载尸集战，何所急？
伯林雉经，维其何故？
何感天抑坠，夫谁畏惧？

皇天集命，惟何戒之？
受礼天下，又使至代之？

初汤臣挚，后兹承辅。
何卒官汤，尊食宗绪？
勋阖梦生，少离散亡。
何壮武厉，能流厥严？
彭铿斟雉，帝何飨？
受寿永多，夫何久长？
中央共牧，后何怒？
蜂蛾微命，力何固？
惊女采薇，鹿何祐？
北至回水，萃何喜？
兄有噬犬，弟何欲？
易之以百两，卒无禄？

薄暮雷电，归何忧？
厥严不奉，帝何求？
伏匿穴处，爰何云？
荆勋作师，夫何长？
悟过改更，我又何言？
吴光争国，久余是胜。
何环穿自闾社丘陵，爰出子文？
吾告堵敖以不长。
何试上自予，忠名弥彰？

阿青微语：苍天之“问”，千古之“问”。此问之后何须再“问”！

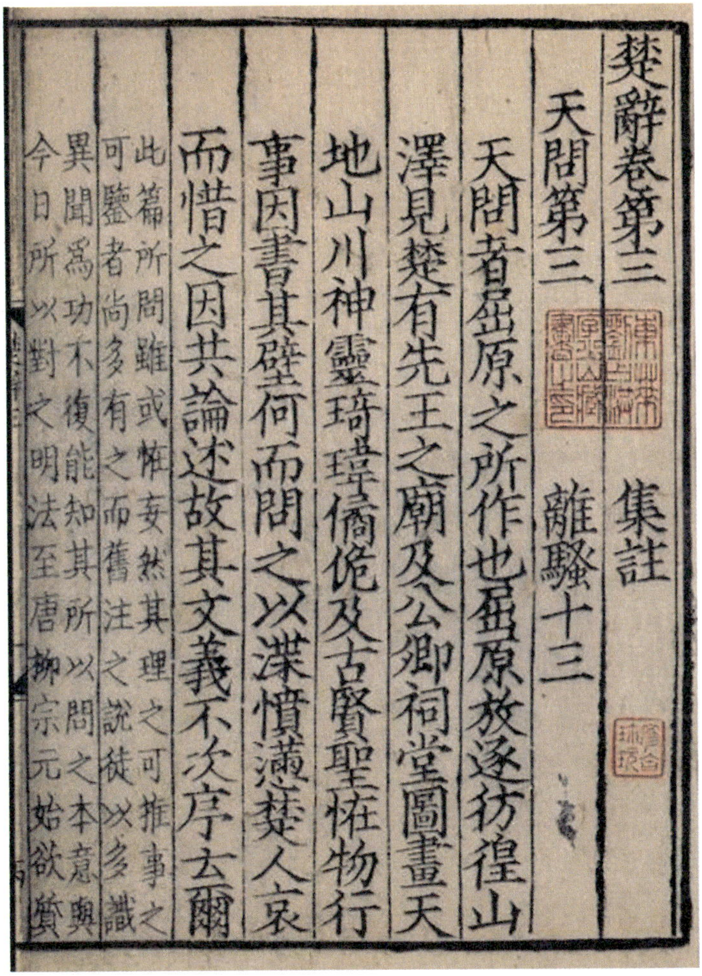

楚辭卷第三　集註

天問第三　離騷十三

天問者屈原之所作也屈原放逐彷徨山澤見楚有先王之廟及公卿祠堂圖畫天地山川神靈琦瑋僑佹及古賢聖怪物行事因書其壁何而問之以渫憤懣楚人哀而惜之因共論述故其文義不次序云爾

此篇所問雖或恠妄然其理之可推事之可驗者尚多有之而舊注之說徒以多識異聞爲功不復能知其所以問之本意與今日所以對之明法至唐柳宗元始欲質

［南朝宋］谢灵运《别》（离合诗）

古人怨信次，十日眇未央。
加我怀缱绻，口脉情亦伤。
剧哉归游客，处子忽相忘。

“古”字离“十”成“口”字，“加”字离“口”成“力”字，“剧（繁體：劇）”字离“豦”成“刂”（同“刀”），“口”“力”“刂”合为一个“别”字。全诗写出了男女离别的场景，可见其匠心独具。

阿青微语：悲欢离合尽在“别”中。

［隋］释慧英《一三五七九言诗》

游，
愁。
赤县远，
丹思抽。
鹫岭寒风驶，
龙河激水流。
既喜朝闻日复日，
不觉年颓秋更秋。
已毕耆山本愿诚难遇，
终望持经振锡住神州。

阿青微语：慧英之前，何曾有过宝塔诗？

此诗形酷似隋唐时期佛教经文作佛塔形状排列，可见宝塔诗与佛教之关联。诗中写一位印度老僧人，在灵鹫山朝见佛祖后，希望有一天能云游中国。“既喜朝闻日复日，不觉年颓秋更秋”二句，写出了老僧人急切想云游中国，却又为自己年迈体衰、时光年复一年逝去而感到无可奈何的心情。

[唐] 武则天《织锦回文记》

武则天像

前秦苻坚时，秦州刺史扶风窦滔妻苏氏，陈留令武功道质第三女也。名蕙，字若兰。识知精明，仪容秀丽，谦默自守，不求显扬。行年十六，归于窦氏，滔甚敬之。然苏性近于急，颇伤嫉妒。滔字连波，右将军子真之孙，朗之第二子也。风神秀伟，熟通经史，允文允武，时论高之。苻坚委以心膂之任，备历显职，皆有政闻。迁秦州刺史，以忤旨谪戍敦煌。会坚寇晋，襄阳虑有危逼，藉滔才略，乃拜安南将军，留镇襄阳焉。

初，滔有宠姬赵阳台，歌舞之妙，无出其右，滔置之别所。苏氏知之，求而获焉，苦加捶辱，滔深以为憾。阳台又专形苏氏之短，谗毁交至，滔益忿焉。苏氏时年二十一，及滔将镇襄阳，邀其同往，苏氏忿之，不与偕行。滔遂携阳台之任，断其音问。

苏氏悔恨自伤，因织锦回文，五彩相宣，莹心耀目。其锦纵横八寸，题诗二百余首，计八百余言，纵横反复，皆成章句。其文点画无缺，才情之妙，超今迈古，名曰《璇玑图》。然读者不能尽通。苏氏笑而谓人曰：徘徊宛转，自成文章，非我家人，莫之能解。遂发苍头，赍致襄阳焉。滔省览锦字，感其妙绝，因送阳台之关中，而具车徒盛礼，邀迎苏氏，归于汉南，恩好愈重。

苏氏著文词五千余言，属隋季丧乱，文字散落，追求不获。而锦字回文，盛见传写，是近代闺怨之宗，旨属文士，咸龟镜焉。朕听政之暇，留心坟典、散帙之次，偶见斯图，因述若兰之才，复美连波之悔过，遂制此记，聊以示将来也。

如意元年五月一日，大周天册金轮皇帝御制。

阿青微语：“五彩相宣，莹心耀目。其锦纵横八寸……”等，皆为见证言。

[唐] 皎然《春》(飞雁诗)

春春
春台日春
春别烟鸟绣春
春有树隔闲山衣春
情风花乱遥草瓮轻
声正得无莫色
名飘须次
倾荡

读为:

春日绣衣轻,春台别有情。
春烟闲草色,春鸟隔花声。
春树乱无次,春山遥得名。
春风正飘荡,春瓮莫须倾。

此诗标题一作《和邢端公登台春望句句有春字之什》。写春日登台近观远望,风景如画,满目春色。读法似“人”字,宛如雁阵排列。

阿青微语:雁阵凌空带春来。

[唐] 李白《三五七言诗》(秋风清)

秋风清,
秋月明,
落叶聚还散,
寒鸦栖复惊。
相思相见知何日?
此时此夜难为情!

阿青微语:在释慧英“一三五七九言”诗格上掐头去尾,却立“一七令”或“秋风清”之词牌,可见此韵之美。

[唐] 元稹《茶》(宝塔诗)

茶。
香叶，嫩芽。
慕诗客，爱僧家。
碾雕白玉，罗织红纱。
铫煎黄蕊色，碗转曲尘花。
夜后邀陪明月，晨前独对朝霞。
洗尽古今人不倦，将知醉后岂堪夸。

阿青微语：此“茶”非彼茶，味在“洗尽古今人不倦”也。

[唐] 白居易《诗》(宝塔诗)

诗。
绮美，瓌奇。
明月夜，落花时。
能助欢笑，亦伤别离。
调清金石怨，吟苦鬼神悲。
天下只应我爱，世间唯有君知。
自从都尉别苏句，便到司空送白辞。

阿青微语：“调子清冷能致金石动容而发出哀怨之音，吟声凄苦可令鬼神悲痛。”这段惊天地泣鬼神之语，世上几人能为？此乃“观诗”之作，亦为“诗观”之作，后世作诗指南也！

［唐］张史南《雪》《月》《泉》《竹》《花》《草》

《雪》

雪，雪。
花片，玉屑。
结阴风，凝暮节。
高岭虚晶，平原广洁。
初从云外飘，还向空中噎。
千门万户皆静，兽炭皮裘自热。
此时双舞洛阳人，谁悟郢中歌断绝？

《月》

月，月。
暂盈，还缺。
上虚空，生溟渤。
散彩无际，移轮不歇。
桂殿入西秦，菱歌映南越。
正看云雾秋卷，莫待关山晓没。
天涯地角不可寻，清光永夜何超忽。

《泉》

泉，泉。
色净，苔鲜。
石上激，云中悬。
津流竹树，脉乱山川。
扣玉千声应，含风百道连。
太液并归池上，云阳旧出宫边。
北陵井深凿不到，我欲添泪作潺湲。

《竹》

竹，竹。
披山，连谷。
出东南，殊草木。
叶细枝劲，霜停露宿。
成林处处云，抽笋年年玉。
天风乍起争韵，池水相涵更绿。
却寻庾信小园中，闲对数竿心自足。

《花》

花，花。
深浅，芬葩。
凝为雪，错为霞。
莺和蝶到，苑占宫遮。
已迷金谷路，频驻玉人车。
芳草欲陵芳树，东家半落西家。
愿得春风相伴去，一攀一折向天涯。

《草》

草，草。
折宜，看好。
满地生，催人老。
金殿玉砌，荒城古道。
青青千里遥，怅怅三春早。
每逢南北离别，乍逐东西倾倒。
一身本是山中人，聊与王孙慰怀抱。

阿青微语：读史南先生宝塔诗，可见月华铺地之色，可闻高山流水之韵。

[唐] 令狐楚《山》(宝塔诗)

山，山。
耸峻，回环。
沧海上，白云间。
商老深寻，谢公远攀。
古岩泉滴滴，幽谷鸟关关。
树岛西连陇塞，猿声南彻荆蛮。
世人只向簪裾老，芳草空余麋鹿闲。

阿青微语：此“山”幽深之极，想必诗人心怀幽谷之甚。

[唐] 刘禹锡《莺》(宝塔诗)

莺，莺。
解语，多情。
春将半，天欲明。
始逢南陌，复集东城。
林疏时间影，花密但闻声。
营中缘吹短笛，楼上来定哀筝。
千门万户垂杨里，百啭如簧烟景晴。

[宋] 吴炳《枇杷绣羽图》

[宋] 佚名《桑果山鸟图》

阿青微语：莺乃春中一物，今立于“宝塔”之巅。句句春声，字字春韵。只写一莺，春色尽出。写春，一鸟足矣！

［唐］柳宗元《天对》

问曰：遂古之初，谁传道之？上下未形，何由考之？冥昭瞢暗，谁能极之？冯翼惟像，何以识之？明明暗暗，惟时何为？

对曰：本始之茫，诞者传焉。鸿灵幽纷，曷可言焉！曶黑晣眇，往来屯屯，庞昧革化，惟元气存，而何为焉！

阴阳三合，何本何化？

合焉者三，一以统同。吁炎吹冷，交错而功。

圜则九重，孰营度之？

无营以成，沓阳而九。运辕浑沦，蒙以圜号。

惟兹何功，孰初作之？

冥凝玄厘，无功无作。

斡维焉系？天极焉加？

乌溪系维，乃縻身位。无极之极，漭弥非垠。或形之加，孰取大焉！

八柱何当，东南何亏？

皇熙，胡栋胡宇！宏离不属，焉恃夫八柱！

九天之际，安放安属？

无青无黄，无赤无黑。无中无旁，乌际乎天则。

隅隈多有，谁知其数？

巧欺淫诳，幽阳以别。无隈无隅，曷懵厥列。

天何所沓？十二焉分？

折剡，午施旁竖，鞠明究曛，自取十二。非予之为，焉以告汝！

日月安属？列星安陈？

规毁魄渊，太虚是属。棋布万荧，咸是焉托。

出自汤谷，次于蒙汜？

辐旋南昼，轴奠于北。轨彼有出次，惟汝方之侧。平施旁运，恶有谷汜！

自明及晦，所行几里？

当焉为明，不逮为晦。度引无穷，不可以里。

夜光何德，死则又育？

毁炎莫俪，渊迫而魄，遐违乃专，何以死育！

厥利维何，而顾菟在腹？

元阴多缺，爰感厥兔，不形之形，惟神是类。

女歧无合，夫焉取九子？

阳健阴淫，降施蒸摩，歧灵而子，焉以夫为！

伯强何处？惠气安在？

怪弥更，伯强乃阳。顺和调度，应气出行。时届时缩，何有处乡。

何阖而晦？何开而明？

明焉非辟，晦兮非藏。

角宿未旦，曜灵安藏？

孰旦孰幽，缪躔于经。苍龙之寓，而廷彼角亢。

不任汩鸿，师何以尚之？佥答何忧，何不课而行之？

惟鲧譊譊，邻圣而孽。恒师庞蒙，乃尚其圯。后惟师之难，畀使试。

鸱龟曳衔，鲧何听焉？顺欲成功，帝何刑焉？永遏在羽山，夫何三年不施？

盗堙息壤，招帝震怒。赋刑在下，而投弃于羽。方陟元子，以允功定地。胡离厥考，而鸱龟肆喙！

伯禹腹鲧，夫何以变化？纂就前绪，遂成考功。何续初继业，而厥谋不同？

气孽宜害，而嗣续得圣，污涂而蘖，夫固不可以类。胝躬步，桥蹐。厥十有三载，乃盖考丑。宜仪刑九畴，受是玄宝。昏成厥孽，昭生于德。惟氏之继，夫孰谋之式！

洪泉极深，何以之？

行鸿下乂，厥丘乃降。焉填绝渊，然后夷于土！

地方九则，何以坟之？

从民之宜，乃九于野。坟厥贡艺，而有上中下。

应龙何画？河海何历？

胡圣为不足，反谋龙智？畚锸究勤，而欺画厥尾！

鲧何所营？禹何所成？康回冯怒，地何故以东南倾？

圜焘廓大，厥立不植。地之东南，亦已西北。彼回小子，胡颠陨尔力！夫谁骇汝为此，而以天极？

九州何错？川谷何洿？

州错富媪，爰定于处。躁川静谷，形有高庳。

东流不溢，孰知其故？

东穷归墟，又环西盈。脉穴土区，而浊浊清清。坟垆燥疏，渗渴而升。充融有余，泄漏复行。器运浟浟，又何溢为！

东西南北，其修孰多？

东西南北，其极无方。夫何鸿洞，而课校修长。

南北顺椭，其衍几何？

茫忽不准，孰衍孰穷！

昆仑县圃，其尻安在？

积高于乾，昆仑攸居。蓬首虎齿，爰穴爰都。

增城九重，其高几里？

增城之里，万有三千。

四方之门，其谁从焉？

清温燠寒，迭出于时。时之丕革，由是而门。

西北辟启，何气通焉？

辟启以通，兹气之元。

日安所到？烛龙何照？

修龙口燎，爰北其首，九阴极冥，厥朔以炳。

羲和之未扬，若华何光？

惟若之华，禀羲以耀。

何所冬暖？何所夏寒？

狂山凝凝，冰于北至。爰有炎洲，司寒不得以试。

焉有石林？何兽能言？

石胡不林？往视西极！兽言，人名是达。

焉有虬龙，负熊以游？

有虬委蛇，不角不鳞，嬉夫元熊，相待以神。

雄虺九首，倏忽焉在？

南有怪虺，罗首以噬。倏忽之居，帝南北海。

何所不死，长人是守？

员丘之国，身民后死。封之守，其横九里。

靡九衢，华安居？

有萍九歧，厥图以诡。浮山孰产？赤华伊。

灵蛇吞象，厥大何如？

巴蛇腹象，足觌厥大。三岁遗骨，其修已号。

黑水元趾，三危安在？

黑水淫淫，穷于不姜。元趾则北，三危则南。

延年不死，寿何所止？

仙者幽幽，寿焉孰慕！短长不齐，咸各有止。胡纷华漫汗，而潜谓不死！

鲮鱼何所？鬼斤堆焉处？

鲮鱼人貌，迩列姑射。鬼斤雀峙北号，惟人是食。

羿焉毕日？乌焉解羽？

焉有十日，其火百物！羿宜炭赫厥体，胡庸以枝屈！大泽千里，群乌是解。

禹之力献功，降省下土四方。焉得彼山女，而通之于台桑？闵妃匹合，厥身是继。胡维嗜欲不同味，而快旦鼌饱？

禹惩于续，妇亟合。离厥肤，三门以不氐。呱呱之不，而孰图厥味！卒燥中野，民攸宇攸暨。

启代益作后，卒然离蛊？

彼呱克臧，俾姒作夏。献后益于帝，谆谆以不命。复为叟耆，曷戚曷孽！

何启惟忧，而能拘是达？皆归射鞠，而无害厥躬？

呱勤于德，民以乳活。扈仇厥正，帝授柄以挞凶穷。圣庸夫孰克害！

何后益作革，而禹播降？

益革民艰，咸粲厥粒。惟禹授以土，爰稼万亿。违溺践，休居以康食。姑不失圣，天胡往不道！

启棘宾商，《九辩》《九歌》？

启达厥声，堪舆以呻。辨同容之序，帝以嫔。

何勤于屠母，而死分竟坠？

禹母产圣，何厥旅！被淫言乱烟，聪耳或以不处。

帝降夷羿，革孽夏民。胡羿射夫河伯，而妻彼雒嫔？

夷羿滔荒，割更后相。夫孰作厥孽，而诬帝以降。震高厥鳞，集矢于。肆叫帝不谌，失位滋。有洛之雩，焉妻于狡！

冯珧利决，封是射。何献蒸肉之膏，而后帝不若？

夸夫快杀，鼎以虐饱。馨骨腴帝，叛德恣力。胡肥台舌喉，而滥厥福！

浞娶纯狐，眩妻爰谋。何羿之射革，而交吞揆之？

寒浞妇谋，后夷卒戕。荒弃于野，俾奸民是臧。举土作仇，徒怙身弧！

阻穷西征，岩何越焉？化为黄熊，巫何活焉？

鲸殛羽岩，比黄而渊。

成播黍，莆藋是营？

子宜播殖犀，于丘于川。维莞维蒲，维菰维芦。丕彻以图，民以让以都。

何由并投，而鲧疾修盈？

尧酷厥父，厥子激以功，克硕厥祀，后世是郊。

白婴，胡为此堂？安得夫良药，不能固臧？天式从横，阳离爰死。大鸟何鸣，夫焉丧厥体？

王子怪骇，形裳。衣褫操戈，犹懵夫药良。终鸟号以游，奋厥篚筐。漠莫谋，形胡在胡亡。

号起雨，何以兴之？

阳潜而爨，阴蒸而雨。凭以兴，厥号爰所。

撰体协胁，鹿何膺之？

气怪以神，爰有奇躯。胁属支偶，尸帝之隅。

鳌戴山，何以安之？

宅灵之丘，掉焉不危，鳌厥首而恒以恬夷。

释舟陵行，何以迁之？

要释而陵，殆或谪之。龙伯负骨，帝尚窄之。

惟浇在户，何求于嫂？何少康逐犬，而颠陨厥首？

浇以力，兄鹿聚之。康假于田，肆克宇之。

女歧缝裳，而馆同爰止。何颠易厥首，而亲以逢殆？

既裳既舍，宜咸坠厥首。

汤谋易旅，何以厚之？

汤奋癸旅，爰以伛拊。载厥德于葛，以诘仇饷。

覆舟斟寻，何道取之？

康复旧物，寻焉保之。覆舟喻易，尚或艰之。

桀伐蒙山，何所得焉？妹嬉何肆，汤何殛焉？

惟桀嗜色，戎得蒙妹，淫处暴娱，以大启厥伐。

舜闵在家，父何以鳏？尧不姚告，二女何亲？厥萌在初，何所意焉？

瞽父仇舜，鳏以不俪。尧专以女，兹俾允厥世。惟蒸蒸翼翼，于妫之。

璜台十成，谁所极焉？

纣台于璜，箕克兆之。

登立为帝，孰道尚之？

惟德登帝，师以首之。

女娲有体，孰制匠之？

娲躯虺号，占以类之。胡曰日化七十，工获诡之！

舜服厥弟，终然为害。何肆犬体，而厥身不危败？

舜弟氏厥仇，毕屠水火。夫固优游以圣，而孰殆厥祸！犬断于德，终不克以噬。昆庸致爱，邑鼻以赋富。

吴获迄古，南岳是止。孰期去斯，得两男子？

嗟伯之仁，逊季旅岳。雍同度厥义，以嘉吴国。

缘鹄饰玉，后帝是飨。何承谋夏，桀终以灭丧？帝乃降观，下逢伊挚。何条放致罚，而黎伏大说？

空桑鼎殷，谄羹厥鹄。惟轲知言，间焉以为不。仁易愚危，夫曷揆曷谋。咸逃丛渊，虐后以刘。降厥现于下，匪挚孰承！条伐巢放，民用溃厥疣，以夷于肤，夫曷不谣！

简狄在台，喾何宜？元鸟致贻，女何喜？

喾狄祷，契形于胞。胡乙彀之食，而怪焉以嘉！

该秉季德，厥父是臧？

该德允考，蓐收于西。爪虎手钺，尸刑以司慝。

胡终弊于有扈，牧夫牛羊？

牧正矜矜，浇扈爰踣。

干协时舞，何以怀之？

阶干以娱，苗革而格。不迫以死，夫胡狃厥贼！

平胁曼肤，何以肥之？

辛后狂，无忧以肥。肆荡弛厥体，而充膏于肌。啬宝被躬，焚以旗之。

有扈牧竖，云何而逢？击床先出，其命何从？

扈释于牧，力使后之。民仇焉宇，启床以。

恒秉季德，焉得夫朴牛？何往营班禄，不但还来？

殷武踵德，爰获牛之朴。夫唯陋民是冒，而丕号以瑞。卒营而班，民心是市。昏微循迹，有狄不宁。何繁鸟萃棘，负子肆情？

解父狄淫，遭懟以报。彼中之不目，而徒以色视。

眩弟并淫，危害厥兄。何变化以作诈，后嗣而逢长？

象不兄龚，而奋以谋盖。圣孰凶怒，嗣用绍厥爱。

成汤东巡，有莘爰极。何乞彼小臣，而吉妃是得？水滨之木，得彼小子。夫何恶之，媵有莘之妇？

莘有玉女，汤巡爰获。既内克厥合，而外弼于德。伊知非妃，伊之知臣，曷以不识！胡木化于母，以蝎厥圣！喙鸣不良，谩以诡正。尽邑以垫，孰译彼梦！

汤出重泉，夫何罪尤？不胜心伐帝，夫谁使挑之？

场行不类，重泉是囚。违虐立辟，实罪德之由。师凭怒以割，癸挑而仇。

会旦黾争盟，何践吾期？苍鸟群飞，孰使萃之？到击纣躬，叔旦不嘉。何亲揆发，足周之命以咨嗟？授殷天下，其位安旅？反成乃亡，其罪伊何？争遣伐器，何以行之？并驱击翼，何以将之？

胶鬲比，雨行践期。捧盎救灼，仁兴以毕随。鹰之咸同，得使萃之。颈纣黄钺，旦孰喜之！民父有，嗟以美之。位庸茈民，仁克莅之。纣淫以害，师殛圯之。咸道厥死，争徂器之。冀鼓颠御，让舞靡之。

昭后成游，南土爰底。厥利惟何，而逢彼白雉？

水滨玩昭，荆陷弑之。缪迓越裳，畴肯雉之。

穆王巧掚，夫何为周流？环理天下，夫何索求？

穆懵《祈招》，猖洋以游。轮行九野，惟怪之谋。胡给娱戴胜之兽，觞瑶池以迭谣！

妖夫曳，河号乎市？周幽谁诛，焉得夫褒姒？

孺贼厥诜，爰其弧。幽祸以夸，惮褒以渔。淫嗜杀，谏尸谤屠。孰鳞以征，而化鼋是辜。

天命反侧，何罚何佑？

天邈以蒙，人么以离。胡克合厥道，而诘彼允违。

齐桓九会，卒然身杀？

桓号其大，任属以傲。幸良以九合，逮孽而坏。

彼王纣之躬，孰使乱惑？何恶辅弼，谗谄是服？比干何逆，而抑沈之？雷开何顺，而赐封之？何圣人之一德，卒其异方？梅伯受醢，箕子佯狂？

纣无谁使惑，惟志为首。逆图倒视，辅谗以僇宠。干异召死，雷济克后。文德迈以被，芮鞫顺道。醢梅奴箕，忠咸丧以丑厚。

稷惟元子，帝何竺之？投之于冰上，鸟何燠之？何冯弓挟矢，殊能将之？既惊帝切激，何逢长之？

弃灵而功，笃胡爽焉。翼冰以炎，盍崇长焉。既歧既嶷，宜庸将焉。纣凶以启，武绍尚焉。

伯昌号衰，秉鞭作牧。何令彻彼岐社，命有殷之国？

伯鞭于西，化江汉浒。易岐社以太，国之命以祚武。

迁藏就岐，何能依？

逾梁橐囊，膻仁蚁萃。

妲有惑妇，何所讥？

妲灭淫商，民以亟去。

受赐兹醢，西伯上告。何亲就上帝，罚殷之命以不救？

肉梅以颁，乌不台诉！孰盈癸恶，兵躬殄祀！

师望在肆，昌何志？鼓刀扬声，后何喜？

牙伏牛渔，积内以外萌。歧目厥心，氐显光。奋力屠国，以髀髋厥商。

武发杀殷，何所悒？载尸集战，何所急？

发杀曷逞，寒民于烹。惟栗厥文考，而虔予以徂征。

伯林雉经，维其何故？何感天抑坠，夫谁畏惧？

中谮不列，恭君以雉。胡寅讼蛲贼，而以变天地。

皇天集命，惟何戒之？受礼天下，又使至代之？

天集厥命，惟德受之。允怠以弃，天又之。

初汤臣挚，后兹承辅。何卒官汤，尊食宗绪？

汤挚之合，祚以久食。昧始以昭末，克庸成绩。

勋阖梦生，少离散亡。何壮武厉，能流厥严？

光征梦祖，憾离以厉。仿惶激覆，而勇益德迈。

彭铿斟雉，帝何飨？受寿永多，夫何久长？

铿羹于帝，圣孰嗜味！夫死自暮，而谁飨以俾寿！中央共牧，后何怒？蜂蚁微命，力何固？

鬼啮已毒，不以外肆。细腰群螫，夫何足病！

惊女采薇，鹿何？比至回水，萃何喜？

萃回偶昌，鹿曷以女！

兄有噬犬，弟何欲？易之以百两，卒无禄？

咸欲兄爱，以快侈富。愈多厥车，卒逐以旅。

薄暮雷电，归何忧？厥严不奉，帝何求？伏匿穴处，爰何云？荆勋作师，夫何长先？悟过改更，我又何言？

咨吟于野，胡若之很！严坠谊殄丁厥任，合行违匿固若所。咿嗄忿毒意谁与？丑齐徂秦厥诈，谗登狡庸弗以施。甘恬祸凶亟锄夷。愎不可化徒若罢。

吴光争国，久予是胜？何环穿自闾社丘陵，爰出子文？吾告堵敖以不长，何试上自予，忠名弥彰？

阖绰厥武，滋以侈颓。于菟不可以作，怠焉庸归？款吾敖之阏以旅尸，诚若名不尚，曷极而辞？

阿青微语：屈子著《天问》，“放言无惮，为前人所不敢言”；千年后柳子作《天对》，逐一作答。此千年一对，构成“问对诗”，当称诗坛一奇！

[唐] 张籍《答鄱阳客》(离合药名诗)

江皋岁暮相逢**地**，**黄**叶霜前**半夏枝**。
子夜吟诗向松**桂**，**心**中万事喜君知。

作者把嵌字诗、离合诗、集名诗、谐音诗融为一体，诗共用了五味中药名，除“半夏”为直接嵌入句中外，地黄、枝子（栀子）、桂心都是离合前句句首字而成，而“喜君知”则是中药名“使君子”的谐音。

阿青微语：跳出“药名”读此诗，方知诗人喜遇知音之心。

[宋] 苏轼《反覆诗》

苏轼有一首广为流传的《反覆诗》（覆，亦为复），其内在结构跟回文诗是一样的，但它是按菱形排列的，故又叫菱形回文诗。从其外圈任取一字开始，左旋右旋，读之皆可，能得五言绝句三十首；圈内十字交叉的十三个字，顺读、横读、逆读，可得七言绝句四首；以中间的“老”字为枢纽，左右上下旋读，又可得诗若干首；若将所有二十九字任取一字随意回旋，取其押韵，还能得诗若干首。据说以这二十九字反复变化，可读出七八十首诗来。

下面是《反覆诗》原文：

烟
雨　冷
藏　云　衬
山　红
远　望　花
水　流　春　老　吟　残　蕊
洼　斗　远
东　含
隐　叉　香
笋　吐
尖

外圈，从右往左读，有如下数首诗：

蕊远含香吐，尖笋隐东洼。
水远山藏雨，烟冷衬红花。

水远山藏雨，烟冷衬红花。
蕊远含香吐，尖笋隐东洼。

冷衬红花蕊，远含香吐尖。
笋隐东洼水，远山藏雨烟。

隐东洼水远，山藏雨烟冷。
衬红花蕊远，含香吐尖笋。

藏雨烟冷衬，红花蕊远含。
香吐尖笋隐，东洼水远山。

笋隐东洼水，远山藏雨烟。
冷衬红花蕊，远含香吐尖。

雨烟冷衬红，花蕊远含香。
吐尖笋隐东，洼水远山藏。

吐尖笋隐东，洼水远山藏。
雨烟冷衬红，花蕊远含香。

花蕊远含香，吐尖笋隐东。
洼水远山藏，雨烟冷衬红。

洼水远山藏，雨烟冷衬红。
花蕊远含香，吐尖笋隐东。

从左往右读，有如下数首诗：

红衬冷烟雨，藏山远水洼。
东隐笋尖吐，香含远蕊花。

东隐笋尖吐，香含远蕊花。
红衬冷烟雨，藏山远水洼。

远蕊花红衬，冷烟雨藏山。
远水洼东隐，笋尖吐香含。

远水洼东隐，笋尖吐香含。
远蕊花红衬，冷烟雨藏山。

含远蕊花红，衬冷烟雨藏。
山远水洼东，隐笋尖吐香。

山远水洼东，隐笋尖吐香。
含远蕊花红，衬冷烟雨藏。

吐香含远蕊，花红衬冷烟。
雨藏山远水，洼东隐笋尖。

雨藏山远水，洼东隐笋尖。
吐香含远蕊，花红衬冷烟。

隐笋尖吐香，含远蕊花红。
衬冷烟雨藏，山远水洼东。

衬冷烟雨藏，山远水洼东。
隐笋尖吐香，含远蕊花红。

从右往左用辘轳回文法读，有如下数首诗：

红花蕊远含香吐，香吐尖笋隐东洼。
东洼水远山藏雨，藏雨烟冷衬红花。

东洼水远山藏雨，藏雨烟冷衬红花。
红花蕊远含香吐，香吐尖笋隐东洼。

雨烟冷衬红花蕊，花蕊远含香吐尖。
吐尖笋隐东洼水，洼水远山藏雨烟。

吐尖笋隐东洼水，洼水远山藏雨烟。
雨烟冷衬红花蕊，花蕊远含香吐尖。

远山藏雨烟冷衬，冷衬红花蕊远含。
远含香吐尖笋隐，笋隐东洼水远山。

远含香吐尖笋隐，笋隐东洼水远山。
远山藏雨烟冷衬，冷衬红花蕊远含。

山藏雨烟冷衬红，衬红花蕊远含香。
含香吐尖笋隐东，隐东洼水远山藏。

含香吐尖笋隐东，隐东洼水远山藏。
山藏雨烟冷衬红，衬红花蕊远含香。

衬红花蕊远含香，含香吐尖笋隐东。
隐东洼水远山藏，山藏雨烟冷衬红。

隐东洼水远山藏，山藏雨烟冷衬红。
衬红花蕊远含香，含香吐尖笋隐东。

从左往右用辘轳回文法读，有如下数首诗：

蕊花红衬冷烟雨，烟雨藏山远水洼。
水洼东隐笋尖吐，尖吐香含远蕊花。

水洼东隐笋尖吐，尖吐香含远蕊花。
蕊花红衬冷烟雨，烟雨藏山远水洼。

香含远蕊花红衬，红衬冷烟雨藏山。
藏山远水洼东隐，东隐笋尖吐香含。

藏山远水洼东隐，东隐笋尖吐香含。
香含远蕊花红衬，红衬冷烟雨藏山。

吐香含远蕊花红，花红衬冷烟雨藏。
雨藏山远水洼东，洼东隐笋尖吐香。

雨藏山远水洼东，洼东隐笋尖吐香。
吐香含远蕊花红，花红衬冷烟雨藏。

笋尖吐香含远蕊，远蕊花红衬冷烟。
冷烟雨藏山远水，远水洼东隐笋尖。

冷烟雨藏山远水，远水洼东隐笋尖。
笋尖吐香含远蕊，远蕊花红衬冷烟。

洼东隐笋尖吐香，吐香含远蕊花红。
花红衬冷烟雨藏，雨藏山远水洼东。

花红衬冷烟雨藏，雨藏山远水洼东。
洼东隐笋尖吐香，吐香含远蕊花红。

用回文法读上面的诗，有如下数首诗：

烟冷衬红花蕊远，花蕊远含香吐尖。
尖吐香含远蕊花，远蕊花红衬冷烟。

尖吐香含远蕊花，远蕊花红衬冷烟。
烟冷衬红花蕊远，花蕊远含香吐尖。

花蕊远含香吐尖，香吐尖笋隐东洼。
洼东隐笋尖吐香，尖吐香含远蕊花。

洼东隐笋尖吐香，尖吐香含远蕊花。
花蕊远含香吐尖，香吐尖笋隐东洼。

烟雨藏山远水洼，远水洼东隐笋尖。
尖笋隐东洼水远，洼水远山藏雨烟。

尖笋隐东洼水远，洼水远山藏雨烟。
烟雨藏山远水洼，远水洼东隐笋尖。

花红衬冷烟雨藏，烟雨藏山远水洼。
洼水远山藏雨烟，藏雨烟冷衬红花。

洼水远山藏雨烟，藏雨烟冷衬红花。
花红衬冷烟雨藏，烟雨藏山远水洼。

香含远蕊花红衬，花红衬冷烟雨藏。
藏雨烟冷衬红花，衬红花蕊远含香。

藏雨烟冷衬红花，衬红花蕊远含香。
香含远蕊花红衬，花红衬冷烟雨藏。

香吐尖笋隐东洼，隐东洼水远山藏。
藏山远水洼东隐，洼东隐笋尖吐香。

藏山远水洼东隐，洼东隐笋尖吐香。
香吐尖笋隐东洼，隐东洼水远山藏。

东洼水远山藏雨，山藏雨烟冷衬红。
红衬冷烟雨藏山，雨藏山远水洼东。

红衬冷烟雨藏山，雨藏山远水洼东。
东洼水远山藏雨，山藏雨烟冷衬红。

东隐笋尖吐香含，吐香含远蕊花红。
红花蕊远含香吐，含香吐尖笋隐东。

红花蕊远含香吐，含香吐尖笋隐东。
东隐笋尖吐香含，吐香含远蕊花红。

含香吐尖笋隐东，笋隐东洼水远山。
山远水洼东隐笋，东隐笋尖吐香含。

山远水洼东隐笋，东隐笋尖吐香含。
含香吐尖笋隐东，笋隐东洼水远山。

山藏雨烟冷衬红，冷衬红花蕊远含。
含远蕊花红衬冷，红衬冷烟雨藏山。

含远蕊花红衬冷，红衬冷烟雨藏山。
山藏雨烟冷衬红，冷衬红花蕊远含。

内十字架，可读出如下数首诗：

水流春老吟残蕊，烟云望老斗叉尖。
蕊残吟老春流水，尖叉斗老望云烟。

水流春老吟残蕊，尖叉斗老望云烟。
蕊残吟老春流水，烟云望老斗叉尖。

蕊残吟老春流水，尖叉斗老望云烟。
水流春老吟残蕊，烟云望老斗叉尖。

蕊残吟老春流水，烟云望老斗叉尖。
水流春老吟残蕊，尖叉斗老望云烟。

内十字架中用辘轳体读，有如下数首诗：

烟云望老吟残蕊，蕊残吟老斗叉尖。
尖叉斗老春流水，水流春老望云烟。

烟云望老春流水，水流春老斗叉尖。
尖叉斗老吟残蕊，蕊残吟老望云烟。

尖叉斗老春流水，水流春老望云烟。
烟云望老吟残蕊，蕊残吟老斗叉尖。

尖叉斗老吟残蕊，蕊残吟老望云烟。
烟云望老春流水，水流春老斗叉尖。

水流春老吟残蕊，蕊残吟老斗叉尖。
尖叉斗老春流水，水流春老望云烟。

水流春老吟残蕊，蕊残吟老望云烟。
烟云望老春流水，水流春老斗叉尖。

蕊残吟老春流水，水流春老望云烟。
烟云望老吟残蕊，蕊残吟老斗叉尖。

蕊残吟老春流水，水流春老斗叉尖。
尖叉斗老吟残蕊，蕊残吟老望云烟。

内十字架内利用回文读，有如下数首诗：

烟云望老吟残蕊，蕊残吟老斗叉尖。
尖叉斗老吟残蕊，蕊残吟老望云烟。

尖叉斗老吟残蕊，蕊残吟老望云烟。
烟云望老吟残蕊，蕊残吟老斗叉尖。

尖叉斗老春流水，水流春老望云烟。
烟云望老春流水，水流春老斗叉尖。

外圈与十字架相结合读，有如下数首诗：

冷衬红花蕊，残吟老望云。
烟雨藏山远，水流春老吟。

吐香含远蕊，残吟老望云。
烟雨藏山远，水流春老吟。

笋隐东注水，流春老吟残。
蕊花红衬冷，烟雨望老春。

雨藏山远水，流春老吟残。
蕊花红衬冷，烟雨望老春。

烟云春老吟，蕊残远含香。
吐尖叉斗老，春流水注东。

流水远山藏，雨烟冷衬红。
花蕊残吟老，春流水注东。

残蕊远含香，吐尖笋隐东。
注水流春老，吟残花蕊红。

尖叉斗老春，流水远山藏。
雨烟云望老，吟残蕊花红。

水流春老望，云烟冷衬红。
花蕊残吟老，斗叉尖吐香。

蕊残吟老望，云烟雨藏山。
远水流春老，斗叉尖吐香。

望云烟雨藏，山远水流春。
老吟残蕊花，红衬冷烟云。

望云烟冷衬，红花蕊残吟。
老春流水远，山藏雨烟云。

斗叉尖吐香，含远蕊残吟。
老春流水远，山藏雨烟云。

斗叉尖笋隐，东洼水流春。
老吟残蕊花，红衬冷烟云。

老春流水远，山藏雨烟云。
望老吟残蕊，远含香吐尖。

老吟残蕊花，红衬冷烟云。
望老春流水，洼东隐笋尖。

老斗叉尖吐，香含远蕊残。
吟老春流水，远山藏雨烟。

利用辘轳体读，有如下数首诗：

雨烟冷衬红花蕊，花蕊残吟老望云。
望云烟雨藏山远，山远水流春老吟。

笋尖吐香含远蕊，远蕊残吟老望云。
望云烟雨藏山远，山远水流春老吟。

吐尖笋隐东洼水，春老流春老吟残。
吟残蕊花红衬冷，衬冷烟云望老春。

冷烟雨藏山远水，远水流春老吟残。
吟残蕊花红衬冷，衬冷烟云望老春。

藏雨烟云春老吟，老吟蕊残远含香。
含香吐尖叉斗老，斗老春流水洼东。

老春流水远山藏，山藏雨烟冷衬红。
衬红花蕊残吟老，吟老春流水洼东。

老春残蕊远含香，含香吐尖笋隐东。
隐东洼水流春老，春老春残花蕊红。

香吐尖叉斗老春，老春流水远山藏。
山藏雨烟云望老，望老吟残蕊花红。

山远水流春老望，老望云烟冷衬红。
衬红花蕊残吟老，吟老斗叉尖吐香。

含远蕊残吟老望，老望云烟雨藏山。
藏山远水流春老，春老斗叉尖吐香。

斗老望云烟雨藏，雨藏山远水流春。
流春老吟残蕊花，蕊花红衬冷烟云。

斗老望云烟冷衬，冷衬红花蕊残吟，
残吟老春流水远，水远山藏雨烟云。

望老斗叉尖吐香，吐香含远蕊残吟。
残吟老春流水远，水远山藏雨烟云。

望老斗叉尖笋隐，笋隐东洼水流春。
流春老吟残蕊花，蕊花红衬冷烟云。

叉斗老春流水远，水远山藏雨烟云。
烟云望老吟烟云，烟云远含香吐尖。

斗叉老吟残蕊花，蕊花红衬冷烟云。
烟云望老春流水，流水洼东隐笋尖。

云望老斗叉尖吐，尖吐香含远蕊残。
蕊残吟老春流水，流水远山藏雨烟。

阿青微语：此诗之前有苏蕙的织锦《璇玑图诗》，可谓回文诗之变体，其规模浩大，叹为观止；但苏轼这首《反覆诗》与之比较，文字更雅丽，意境更优美。故，《璇玑图诗》与《反覆诗》是回文诗领域的两座各具特色的高峰。

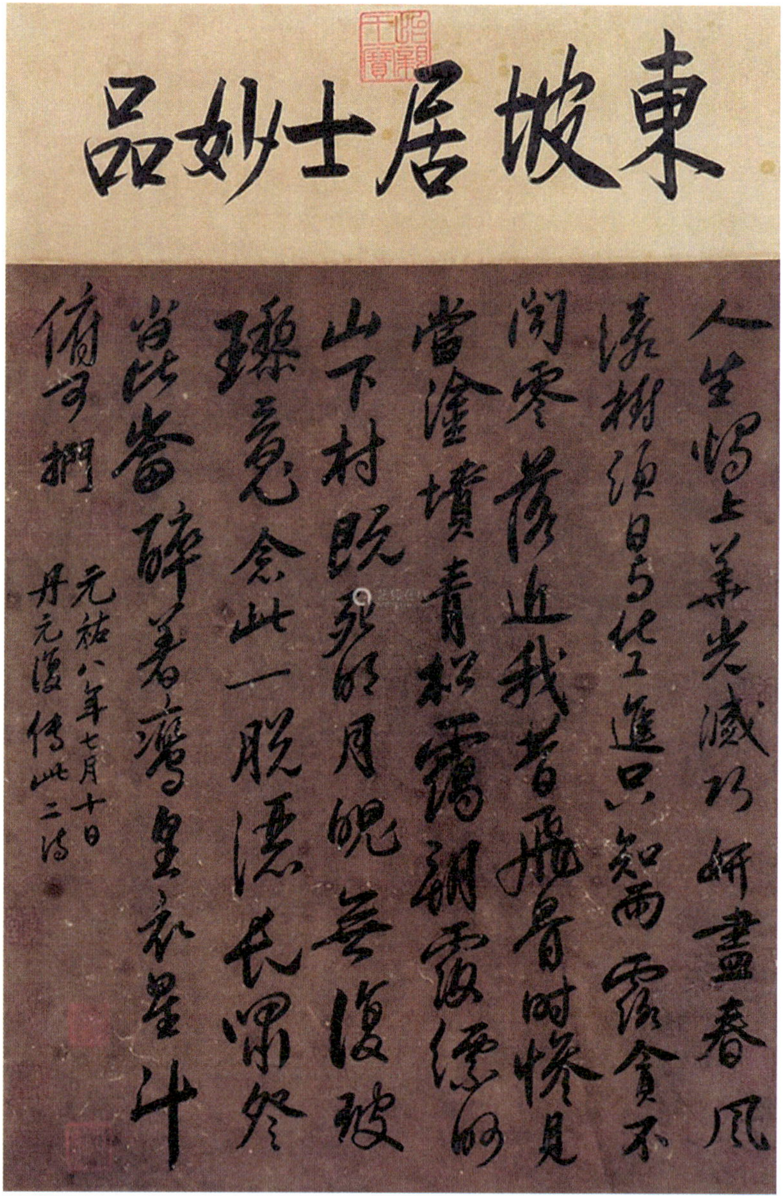
東坡居士妙品

[宋] 苏轼的同纽诗（二首）

西山戏题武昌王居士并引

予往在武昌，西山九曲亭上有题一句云：玄鸿横号黄槲岘。九曲亭即吴王岘山，一山皆槲叶，其旁即元结陂湖也，荷花极盛。因为对云：皓鹤下浴红荷湖。坐客皆笑，同请赋此诗。

江干高居坚关扃，犍耕躬稼角挂经。
篙竿系舸菰茭隔，笳鼓过军鸡狗惊。
解襟顾景各箕踞，击剑赓歌几举觥。
荆笄供脍愧搅聒，干锅更戛甘瓜羹。

戏和正辅一字韵

故居剑阁隔锦官，柑果姜蕨交荆菅。
奇孤甘挂汲古绠，侥觊敢揭钩金竿。
已归耕稼供藁秸，公贵干蛊高巾冠。
改更句格各謇吃，姑因狡狯加间关。

（注：诗题中“辅”，一作“甫”。）

阿青微语：苏公“戏题”，亦非戏也。

[宋] 苏轼、黄庭坚、佛印、秦观等人的绕头诗

由清代无名氏编撰、林鲤点校的《东坡诗话》里有黄庭坚、佛印、秦观等人在苏东坡家饮酒行令时所作一组绕头诗。“绕头诗”为每首四句，一、三句为三字，二、四句为七字；一、二句押一韵，三、四句另押一韵。其中第三句的三个字为第一句三个字的前后颠倒使用，形成绕头回旋之韵感。

坡公等八人所作“绕头诗”原文如下：

闲似忙，蝴蝶双双过粉墙；
忙似闲，白鹭饥时立小滩。

（苏东坡）

来似去，潮翻巨浪还西注；
去似来，跃马翻身射箭回。

（黄庭坚）

动似静，万倾碧潭澄宝镜；
静似动，长桥影逐酒旗送。

（秦少游）

重似轻，万斛云帆一叶升。
轻似重，纷纷柳絮铺梁栋。

（参　寥）

难似易，百尺竿头呈巧艺；
易似难，执手临歧话别间。

（欧阳永叔）

有似无，仙子乘风游太虚；
无似有，掬水分明月在手。

（苏子由）

贫似富，高帝万钱登上坐。
富似贫，韩公乞食妓家门。

（佛印）

悲似乐，送葬之家喧鼓乐；
乐似悲，送女之家日日啼。

（米元章）

阿青微语：大千世界诸多似是而非之象，常显意外之美。此组绕头诗不仅察物细致入微，且能以作者个人的美感经验引导我们去感受情趣化的生活意象；而围绕一“似”字造一去一返之句，又能达成不同寻常的绕头之韵。——此乃意趣与韵趣并生。

[宋]佛印“叠字联珠诗”

明代文学家冯梦龙《醒世恒言》第十一卷和清代无名氏编撰、林鲤点校的《东坡诗话》都收录了宋代禅师佛印的一首“叠字联珠诗”（又叫“连理转折诗”“折卸玲珑诗”）：

野野 鸟鸟 啼啼 时时 有有 思思 春春 气气 桃桃 花花
发发 满满 枝枝 莺莺 雀雀 相相 呼呼 唤唤 岩岩 畔畔
花花 红红 似似 锦锦 屏屏 堪堪 看看 山山 秀秀 丽丽
山山 前前 烟烟 雾雾 起起 清清 浮浮 浪浪 促促 潺潺
源源 水水 景景 幽幽 深深 处处 好好 追追 游游 傍傍
水水 花花 似似 雪雪 梨梨 花花 光光 皎皎 洁洁 玲玲
珑珑 似似 坠坠 银银 花花 折折 最最 好好 柔柔 茸茸
溪溪 畔畔 草草 青青 双双 蝴蝴 蝶蝶 飞飞 来来 到到
落落 花花 林林 里里 鸟鸟 啼啼 叫叫 不不 休休 为为
忆忆 春春 光光 好好 杨杨 柳柳 枝枝 头头 春春 色色
秀秀 时时 常常 共共 饮饮 春春 浓浓 酒酒 似似 醉醉
闲闲 行行 春春 色色 里里 相相 逢逢 竞竞 忆忆 游游
山山 水水 心心 息息 悠悠 归归 去去 来来 休休 役役

全诗 260 字，表明看时 130 对叠字，读来不成章句；仔细看，它是“叠字诗”与“联珠诗”巧妙融合。据书中所说，此诗是佛印寄给苏东坡的，坡公竟然解读不出，被其小妹苏轸读为：

野鸟啼，野鸟啼时时有思。
有思春气桃花发，春气桃花发满枝。
满枝莺雀相呼唤，莺雀相呼唤岩畔。
岩畔花红似锦屏，花红似锦屏堪看。
堪看山山秀丽山，秀丽山前烟雾起。
山前烟雾起清浮，清浮浪促潺湲水。
浪促潺湲水景幽，景幽深处好，深处好追游。
追游傍水花，傍水花似雪。
似雪梨花光皎洁，梨花光皎洁玲珑。
玲珑似坠银花折，似坠银花折最好。
最好柔茸溪畔草，柔茸溪畔草青青。
双双蝴蝶飞来到，蝴蝶飞来到落花。
落花林里鸟啼叫，林里鸟啼叫不休。
不休为忆春光好，为忆春光好杨柳。
杨柳枝头春色秀，枝头春色秀时常。
时常共饮春浓酒，共饮春浓酒似醉。
似醉闲行春色里，闲行春色里相逢。
相逢竞忆游山水，竞忆游山水心息。
心息悠悠归去来，归去来休休役役。

阿青微语：随着一声“野鸟啼”，我们一步步走进一方仙境般的唯美山水，走进作者超然物外的“闲行”心境。此诗双音相叠，婉转绵长，极像二声画眉或二声杜鹃鸣啼之音。其词如帘垂珠，铺陈到底，一帘鸟语、一帘山韵、一帘春色皆在眼前。

［宋］文同《咏竹诗》

竹，竹。
森寒，洁绿。
湘江滨，渭水曲。
帷幔翠锦，戈矛苍玉。
心虚异众草，节劲逾凡木。
化龙杖入仙陂，呼风律鸣神谷。
月娥巾帔静苒苒，凤女笙竽清蔌蔌。
林间饮酒啐影摇樽，石上围棋清阴覆局。
屈大夫逐去徒悦椒兰，陶先生归来但寻松菊。
若论檀栾之操无敌于君，欲图潇洒之姿莫贤于仆。

阿青微语：咏竹之清高，实为赞屈原、陶潜二公之品格。

[宋] 朱淑真《相思词》(圈儿词)

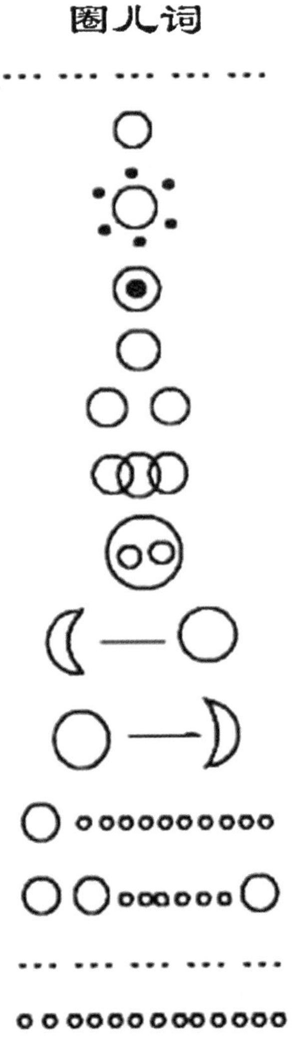

朱淑真曾给丈夫寄去一书一信，信上无字，只有圈圈点点。夫不解其意，后于书脊夹缝见蝇头小楷《相思词》：

相思欲寄无从寄，画个圈儿替。话在圈儿外，心在圈儿里。单圈儿是我，双圈儿是你。你心中有我，我心中有你。　　月缺了会圆，月圆了会缺。整圆儿是团圆，半圈儿是别离。我密密加圈，你须密密知我意。还有数不尽的相思情，我一路圈儿圈到底。

夫阅信，次日一早雇船回海宁故里。朱淑真的“圈儿词”借咏月来形象化地表达对丈夫的思念之情。

阿青微语：淑真之作惯常含思凄婉、情致缠绵，这次却以圈圈点点增添幽默风趣感，意外惊喜。

元明时期的回文曲

有了回文诗和回文词，自然也有回文曲。回文曲始于元代，这与元代散曲创作的兴起有关。

[元] 仲龙子《回文曲·普天乐》三首

其一，普天乐·自 况

竹敲风，虚檐转月，素秋天爽气新，疏花菊老含清露。梧庭瘦影，梧庭瘦影，影瘦庭梧。

回文倒读：

梧庭瘦影，影瘦庭梧，影瘦庭梧露。清含老菊花疏，新气爽天秋素，月转檐虚风敲竹。

其二，普天乐·欢情

凤鸾交，浓欢密爱，弄花将嫩叶攀，恐怕匆匆忙迎送。逢难易别，逢难易别，易别难逢。

回文倒读：

逢难别易，别易难逢，别易难逢送。迎忙匆匆怕恐，攀叶嫩将花弄，爱密欢浓交鸾凤。

其三，普天乐·题情

皱眉愁，忧多喜少，袖衫长掩泪珠。酒病花愁容颜瘦。楼空锁燕，楼空锁燕，燕锁空楼。

回文倒读：

楼空锁燕，燕锁空楼，燕锁空楼瘦。颜容愁花病酒珠，泪掩长衫袖，少喜多忧愁眉皱。

另一读（双句回文）：

皱眉愁，愁眉皱。忧多喜少，少喜多忧。袖衫长掩泪珠，珠泪掩长衫袖。酒病花愁容颜瘦，瘦颜容愁花病酒。楼空锁燕，楼空锁燕，燕锁空楼。

［明］李开先《词谑》

迷迷闷闷沉沉睡睡，眉双蹙，蹙双眉。沉沉闷闷迷迷睡，垂泪珠、珠垂泪、垂珠泪。呀，实事成虚，虚事成实。怕离别、别离怕、怕别离。腰围瘦减，瘦减腰围。凤期鸾、鸾期凤、凤鸾期。

［明］李知其《卷帘燕儿落》

难离别，情万千。眠孤枕，愁人伴。闲庭小院深，关河传信远。鱼和雁天南，看明月，中肠断。

倒读则成：

断肠中，月明看。南天雁，和鱼远。信传河关深，院小庭闲伴。人愁枕孤眠，千万情，别离难。

阿青微语：散曲又添回文，韵味叠加，妙语传情。

[明] 唐寅《四季诗》(联珠回文诗)

春

【原文】

花枝弄影照窗纱映日斜

【读作】

花枝弄影照窗纱,影照窗纱映日斜。
斜日映纱窗照影,纱窗照影弄枝花。

夏

【原文】

莲新长水贴青钱数点圆

【读作】

莲新长水贴青钱,水贴青钱数点圆。
圆点数钱青贴水,钱青贴水长新莲。

秋

【原文】

悠云白雁过南楼半色秋

【读作】

悠云白雁过南楼，雁过南楼半色秋。
秋色半楼南过雁，楼南过雁白云悠。

冬

【原文】

梅枝几点雪花开春信来

【读作】

梅枝几点雪花开，点雪花开春信来。
来信春开花雪点，开花雪点几枝梅。

阿青微语：此诗妙在把联珠诗与回文诗结合为一体。

[明] 唐寅《桃花庵》(联珠诗)

桃花坞里桃花庵，桃花庵下桃花仙。
桃花仙人种桃树，又摘桃花换酒钱。
酒醒只在花间坐，酒醉还来花下眠。
半醉半醒日复日，花开花落年复年。
但愿老死花酒间，不愿鞠躬车马前。
车尘马足富者事，酒盏花枝隐士缘。
若将显者比隐士，一在平地一在天。
若将花酒比车马，彼何碌碌我何闲。
别人笑我太疯癫，我笑他人看不穿。
不见五陵豪杰墓，无花无酒锄作田。

阿青微语：以花落水流之自然语态，写桃花庵花落水流般清闲时光，实为联珠式流泄桃花庵主自由洒脱之性情。

唐寅：桃花坞里桃花庵，桃花庵下桃花仙

[明] 徐有贞《临江仙·相思璧》

(拆字连环词)

此作题为《相思璧》。璧，是古代中国用于祭祀的环状玉物，不易拆解。“相思”与“璧”组合，可见这相思也是愁肠难解了。作者运用拆字连环格，先将“憑”拆出“心”，再下句首字为上句尾字拆出的偏旁，以此类推，可读出《临江仙》词一首：

心绪悠悠随碧浪，良宵空锁长亭。丁香时结意衷情。月斜门半掩，才弄听钟声。

耳畔盟言非草草，十年一梦堪惊。马蹄何日到宸京。小桥村径密，山远路难凭。

阿青微语：字可拆，唯相思如璧，永是连环，不可拆也。

［清］万树《八行笺·饮月辞》
（反字诗）

图中文字八行，故名八行笺。文字皆反写，亦反读。如“春”则反“秋”，“晴”则反“雨”字，“热”则反“寒”，“正”则反“偏”，“迟”则反“早”等等。其余类推。全图可读成五绝三首：

一

秋雨寒偏早，连阴薄暮同，
今来先取醉，明月远浮空。

二

天高圆月白，坐久夜深长，
举首东山上，新开绿酒香。

三

老我无他好，清尊向此君，
喜添物外赏，月底细成文。

阿青微语：三首五绝，如三尊对月清酒，意在空远。阴阳翻转，亦可成趣。

[清] 张潮《我佛心印》

(卐字格集句诗)

图中卐字五言律一首，潮字居中分做四字，首水次十次月次早，为每行之首，每行首句尾字分半字为次句之首。外围集唐五言绝句四首，四角平上去入四字每首第二末一字分半字为第三句第一字，每首尾一字即次首第一字。

五言律

水本曹溪馥，香从鹿苑来。
十方同德睹，四象共徘徊。
月映溪难飏，风生浪自开。
早年通妙悟，心法溯莲胎。

五绝·集唐

一

平生志不迷，（马　载）涤除贪鍡浪。（杜　甫）
良宵背水滨，（朱庆余）还似瑶池上。（刘　宪）

二

上方唯一室，（于　鹄）岂向人间住。（刘长卿）
人世寄邮亭，（杜　牧）每欲孤飞去。（杜　甫）

三

去住云无意，（刘长卿）莫怪栏干湿。（朱景玄）
水亭风气凉，（李　白）开门放山入。（曹　松）

四

入境无余事，（朱庆余）涵虚混太清。（孟浩然）
水来同一色，（刘禹锡）相与乐生平。（宋之问）

阿青微语：卐字体本就不易作，更何况集唐人诗句还穿插拆字与顶针手法！顶针又行行顶，章章顶。

[清] 张潮《锦屏》(屏风诗)

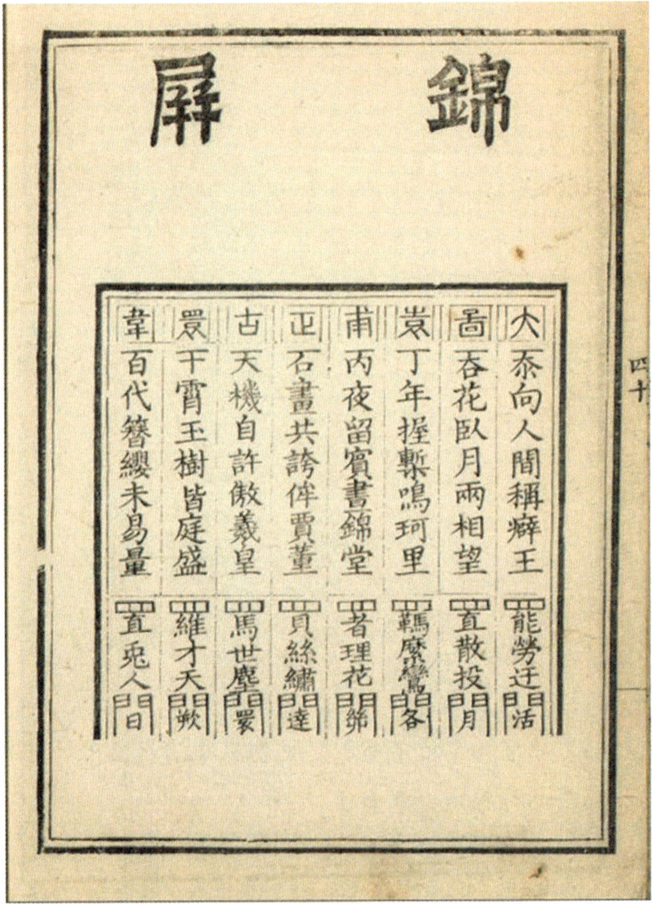

此诗中七言律一首，上下俱平如线，顶四言二句，下四言八句，方形及四字形象屏顶及腰雕纹，下门字象屏脚。

屏顶四言

因图园圃，囸固圜围。

七言律

忝向人间称癖王，吞花卧月两相望。
丁年握渐鸣珂里，丙夜留宾画锦堂。
石画共夸侔贾董，天机自许傲羲皇。
干霄玉树皆庭盛，百代簪缨未易量。

屏下四言

罣劳迂阔，置散投闲。
羁縻鸾阁，署理花关。
買丝绣闼，骂世尘圜。
罗才天阙，置兔人间。

阿青微语：此屏风诗之意境已跳出厅堂局促之域。屏顶四言既像屏顶形状，又是一首同旁诗。大意是：为了保护好一方美丽的园圃，我们就把它与外界圈隔开来，疏离出了属于自己的空间。——看似刻板的八个字，实在有趣。中间七言写与友人相聚一堂看茶饮酒如“吞花卧月两相望”，谈诗论画至深夜还在“共夸侔贾董”“自许傲羲皇”。——放言无忌，何等畅快。屏下四言大意是：疲惫迂阔之人在此放松心情，整理思绪，拟或一边谈商论道，一边发出愤世嫉俗之声，这才是天宫之才回到人间的情景。——清高之志可见。

［清］吴绛雪《咏四季》（叠字回文诗）

此四首诗是一组叠字回文诗。句与句之间有一个字或多个字重叠，其结构如鳞片之叠压覆盖，层层推进，故又称鳞叠连环体。每首十个字，单独读十个字是意思完整的独句诗，而又可用十个字叠出一首回文七绝。

春

【写为】

莺啼岸柳弄春晴夜月明

【读为】

莺啼岸柳弄春晴，柳弄春晴夜月明；
明月夜晴春弄柳，晴春弄柳岸啼莺。

夏

【写为】

香莲碧水动风凉夏日长

【读为】

香莲碧水动风凉，水动风凉夏日长；
长日夏凉风动水，凉风动水碧莲香。

秋

【写为】

秋江楚雁宿沙洲浅水流

【读为】

秋江楚雁宿沙洲，雁宿沙洲浅水流；
流水浅洲沙宿雁，洲沙宿雁楚江秋。

冬

【写为】

红炉透炭炙寒风御隆冬

【读为】

红炉透炭炙寒风，炭炙寒风御隆冬；
冬隆御风寒炙炭，风寒炙炭透炉红。

阿青微语：此鳞叠连环体不仅结构复杂而又富有变化，在写景上也不失季节特色，俨然四帧意境优美的画卷。

[清] 吴敬梓《呆》(单塔诗)

呆
秀才
吃长斋
胡须满腮
经书揭不开
纸笔自己安排
明年不请我自来

阿青微语：寥寥几笔白描，勾勒出呆秀才之“呆”相，风趣、口语化，与小说《儒林外史》语言风格甚合！

［清］乾隆“碧岩题诗”（轱辘体）

读作：

江南滴滴云烟起，
滴滴云烟起半山。
烟起半山流水响，
半山流水响潺潺。
潺潺一树梅花发，
一树梅花发碧岩。
花发碧岩春讯到，
碧岩春讯到江南。

（此诗碑立于福建省罗源县双贵山碧岩寺）

阿青微语：有人说，乾隆一生作诗 43630 首，接近《全唐诗》总数，是中国历史乃至世界历史上写诗最多的人，可没有一首好诗。非也！你看：滴滴云烟，半山流水，一树梅花，汇于碧岩之谷。仅 24 字，如轱辘旋转叠读为 56 字，可见漫山春潮重重涌来。气象何等壮阔激荡，文笔何等流转自然！

[清] 郑板桥书《苏伯玉妻盘中诗》

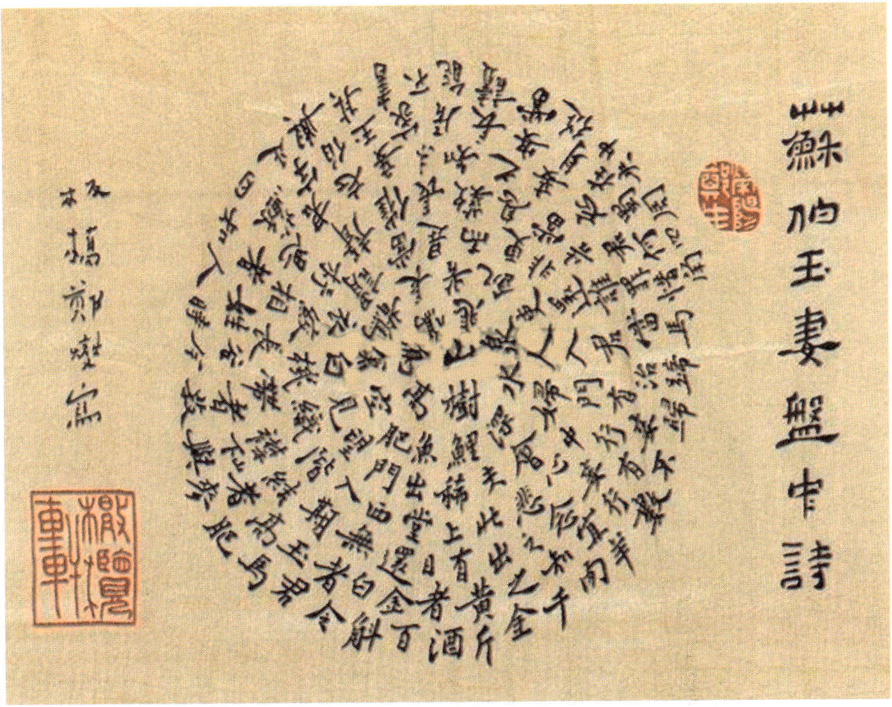

阿青微语：板桥书法使盘中诗又增一色。

郑板桥画像

[清] 蒋春霖《沁园春·赋“二”字》
(数名词)

有女同居，燕燕莺莺，才兼艳兼。爱杏花开候，春风似剪；床棋对处，妙弈疑仙。看去双文，配个人儿想见怜。休抛撇，怕形单影只，各自萧然。

鹣鹣。兰夜灯前，算过了、初更漏正添。忆洲分白鹭，水流无迹；台荒铜雀，春锁何年？茧样同宫，鱼般比目，嘉耦宁从怨耦怨。厮相并，莫较长论短，两小生嫌。

阿青微语：整首词赋“二”字，但字面上不着一个“二”字，而是将“二”字隐藏于词义中，此乃数名词之新创！

［清］无名氏“石碑诗”
（拆字顶真体）

大

不	移	少	引	證	憑	據	處	有	人	道
點	來	中	華	赴	會	字	半	邊	思	本
半	濟	趙	着	楊	柳	垂	堤	日	維	無
字	始	歸	却	洪	誓	大	木	期	絲	涯
上	兌	璧	齊	嘻	嘻	願	金	口	入	際
會	巽	完	同	笑	笑	人	水	急	扣	人
同	離	乃	九	九	八	火	合	須	除	愈
合	眼	提	刀	把	也	人	改	革	算	好
個	着	面	八	方	西	還	子	佛	要	愈
機	玄	妙	五	爲	轉	九	丹	金	知	奇

（广东东莞县常平乡胡口涧）

这是清朝宣统年间，广东东莞县常平乡胡口涧发现的一块石碑，上面有十一行文字，每行十字。经研究是一首六言诗。首句“大”字被放大置顶，形成碑顶的意象。从每句末尾一字拆出另一字作为下一句的开头一字，依此拆字顶真法，由外向内顺时针旋读：

大道本无涯际，示人愈好愈奇。
可知金丹九转，专为五妙玄机。
几个合同会上，一字半点不移。
多少引证凭据，处处有人思维。
丝丝入扣除算，大要佛子还西。
四方八面着眼，艮离巽兑始济。
齐来中华赴会，田字半边日期。
其口急须革改，文人也把刀提。
是乃完璧归赵，走着杨柳垂堤。
土木金水合火，八八九九同齐。
了却洪誓大愿，原人笑笑嘻嘻。

阿青微语：拆字顶针，奇；大字置顶，奇；从“齊”字拆出“了”字，奇中之奇！

［清］无名氏才女的“离合诗”

旧时杭州城内有一才女，新婚不久夫君外出经商，十年不归。才女日夜思盼，日复一日年复一年。在万分忧伤中写出了感人的拆离合诗：“霜飘枝结泪，花落蝶含愁。”（“泪”，即旧时用繁体“淚”。）

霜

雨余栏外慕蝉鸣，木叶萧萧秋季晴；
目断天涯音讯渺，霜衣谁汇寄边城。

飘

西陵离别几经霜，示士音书竟渺茫；
风拂碧梧愁又至，飘流何日复归杭。

枝

木兰斜倚眺行云，十载幽思万里分；
又至秋后残花落，枝头杜宇泣黄昏。

结

丝丝嫩柳锁青烟，士子飘游不计年；
口说归期何日至，结成鸾凤晚风前。

泪

水涨江边日影斜，户前双燕又还家；
犬声空吠人何在，泪洒东风怨落花。

花

草长池塘又感秋，人在何居妾倚楼；
匕首东风难割恨，花前反悔觅封侯。

落

草蔓池塘又感秋，水天一色作华裘；
各怀相思何时会，落暮香闺空自愁。

蝶

虫蚁无知惜离别，世情何故两相违；
木兰花下同谁玩，蝶恋枝头几度飞。

含

人之青春有几何，之南之北离别多；
口谈诗书空怀悬，含恨青山锁翠娥。

愁

禾黍青青半茬黄，火侵初退感秋伤；
心怀游子征衣薄，愁笔题诗泪万行。

阿青微语：此为十首七绝，乃春闺相思之作。字字含情，句句带泪；离合成诗，不露斧凿之迹，巧慧可见。今无法得知作者真实姓名，甚是遗憾。前人习诗时有云：若能拟作此十字，且形情兼备者，则始算会诗之人哉。

［清］黄伯权《茶壶诗》

（连环回文五绝）

黄伯权，清末大诗人黄遵宪之侄子。同治年间，御窑小茶壶上刻有其所作连环回文五绝20字，即“落雪飞芳树，幽红雨淡霞，薄月迷香雾，流风舞艳花。”排列方式为均匀圆形（如下图）。从任何一字读起，不论顺读倒读，皆成五绝一首，由此可得40首。且每首一、三两句和二、四两句各押一平、一仄韵，可见构思之奇。

以下示例两首，其他读法略去。

其一

雪飞芳树幽，红雨淡霞薄，
月迷香雾流，风舞艳花落。

其二

飞芳树幽红，雨淡霞薄月，
迷香雾流风，舞艳花落雪。

阿青微语：此连环回文诗色彩斑斓，置于茶壶，岂不寓万千风情于一壶？品茗者当可品出万般滋味。

[近] 老君古字碑（秘字诗）

民国四年（1915 年）刊行的朱衣山人《老君碑留古字解》及此后多种版本的相关书籍记载了一块“老君古字碑”，现河南省鹤壁市五岩山孙真人洞等多地风景名胜处还保留着这一石碑。其碑文如下：

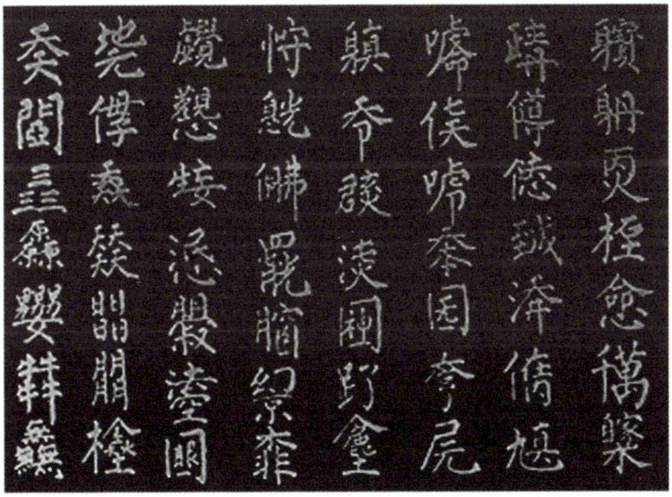

此碑文中的字，说是老君所留，无据可考，权且当作假托；注解为“祁州宋固村朱衣山人”则有本可依。朱衣山人系清末民初祁州宋固村人。

碑文中的文字一般人都不认识。其中：“厵”（读作 yuán，古同“源”）、[illegible]（读作 jiǎo 和 miǎo，为“皎”和“渺”的异体字）、[illegible]（hào，[[illegible][illegible]] 同“浩浩”，意即深远广大的样子；又同“结”）、[illegible]（篇海类编读作 qún）、[illegible]（读作 liù）、朤（读作 lǎng）可从字

典上查到，但不同的辞书中有不同的解读，其他字难以从辞书中找到。其实，这些字都是道教圈子内的隐语秘字。每个字都是由两个或几个汉字组成合体字。按秘字读法，此碑文便是一首养生诗：

玉炉烧炼延年药，正道行修益寿丹。
呼去吸来息由吾，性空心灭本无着。
寂照可欢忘幻我，为见生前体自然。
铅汞交接神丹就，乾坤明原系群仙。

道教秘字很多，包括覆文、云篆、灵符、宝符、符图、讳字、令牌及法印等多种类型，与常见民族文字比较，有秘而不宣的特点。此诗中，除了“灥”字，每个字都跟用来作为“部件”的文字读音迥异，同时又具有道教暗语的特殊含义。比如，〔身宝〕字，读作“玉”。因道家认为，精、气、神是人身的三宝，其珍贵如玉，因之以〔身宝〕取形，以“玉”取声，赋予这个字的具体意义。再如〔身丹〕，即“炉”字。道教认为人身的阴阳交会，可以修炼内丹。所以〔身丹〕字的意义就是：人的本身就是宝贵的炼丹炉。

朱衣山人对碑文来历、碑上七言秘字诗的 56 个字一一作了注解，并作了 24 首“西江月”词和 24 首偈，即把这首诗按“2—2—3”的句式，每句分为 3 个词，每个词作一首“西江月”和一首偈，由此形成了一组阵容壮观的“子母诗群”。这是十分罕见的诗歌现象。

此秘字诗及解读者朱衣山人所作的 48 首词和偈，在传达养生之法的同时，也贯穿着道教“天人合一”“万物合一”“人佛合一”的宇宙观和生命观，有的词和偈不乏人情世态和生命哲理。如，第 16 首“西江月”《为见》：

儿母情景相仿，
唬出又叫归来。
母怕儿外招殃灾，

狂风暴雨有害。
但凡云与风生，
母呼抖力喊孩。
孩归家来心安态，
母子怜悯情怀。

这样的母子情怀似乎与秘字诗所写养生主旨无关，但你若深入理解便知作者把养生与修身联系在一起，并完全融为一体。这是更高层次的养生。读接下来的一首偈就让人更加清晰地明白了其含意。第16首偈云：

修行为得见如来，
虚觉如来登宝台。
观心即是朝真佛，
相亲好似卧娘怀。

老君古字碑本诗及其衍生诗群的思想内容十分繁富，从哲学、宗教、伦理、心理、生理、理化、医学、语言、文学、美学、民俗等不同角度进行探究，皆可获得收益。

阿青微语：“不为外人道”之老君古字碑，与当今人们的脚步渐行渐远。然，作为人类文明进程中的一个独特音符，走近它却能感觉到一种穿越时空的悠远余响。

[今] 湖南通道侗族民间垒词《今朝相逢》

黄土打墙团团转转细细看来好像两层天
今朝相逢妹看你哥说话吞吞吐吐离一边
一壶美酒哪晓有人偷偷掺了一瓢清凉水
一碗蜂糖哪晓有人心中不满暗暗伴黄连

阿青微语：垒词总是杂糅着侗族地区奇风异俗与当地人别样的情愫。

［今］绿艾苑《花》（同头同素顶针诗）

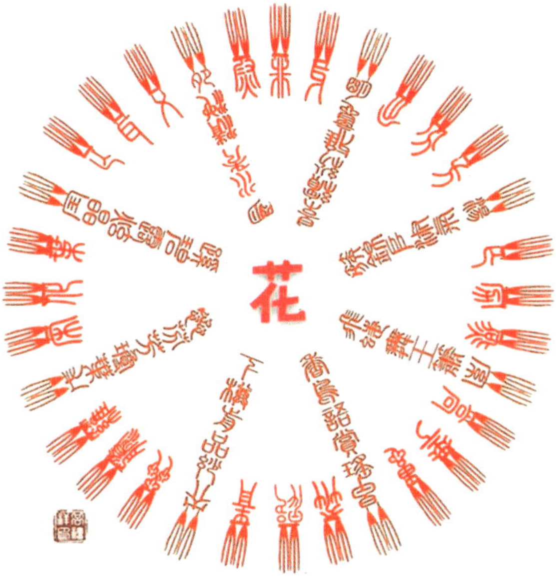

同头同素顶针

同头同素顶针诗既是同头诗，又是同素顶针诗。它是同头半字顶针诗的变体。是小溪细语独家首创，她填补了一项空白。

读法：从中间向外辐射读，第一句花明柳媚，顺时针旋转。

七律·花（同头同素顶针）

花明水秀清池苑，花影缤纷雅意萌。花簇锦堆淑气荡，花飞蝶舞玉箫萦。
花香鸟语赏瑶草，花下樽前品妙英。花蕊芬芳琼叶茂，花蹊碧露炫晶莹。

圆周可读出五律（顶针回文）一首

莹芒茸艾苑，苑蔚菲芽萌。萌苗芬芳荡，荡茫劳燕萦。
萦蔼華蕙草，草莽蕴菁英。英蕊藤萝茂，茂荣花葉莹。

阿青微语：这是四周顶针回文五律，也是同边诗。除中央“花”字外，皆用篆书写成，其形宛如花朵。诗书画一体，可作“三艺诗”赏读。

本书主要诗例作者简表

屈原（前340—前278），芈姓，屈氏，名平，字原。战国时期楚国诗人、政治家。“楚辞”的创立者和代表作家。

刘彻（前156—前87），即汉武帝，西汉时期杰出的政治家、文学家。

曹丕（187—226），即魏文帝，字子桓。三国时期政治家、文学家。

顾恺之（348—409），字长康。东晋杰出画家、绘画理论家、诗人。

孔融（153—208），字文举。东汉末年文学家，“建安七子”之一，孔子二十世孙。

陶渊明（约365—427），字渊明。东晋末到刘宋初杰出的诗人、辞赋家、散文家。

谢灵运（385—433），本名公义。东晋至刘宋时期大臣、佛学家、旅行家。

鲍照（416？—466），字明远。南朝宋文学家，与北周庾信并称“鲍庾”。

谢庄（421—466），字希逸。南朝宋时期大臣、文学家。

萧衍（464—549），即梁武帝，字叔达。南朝梁开国皇帝，“竟陵八友”之一。

王融（466—493），字元长。南朝齐大臣、文学家，东晋宰相王导六世孙。

沈约（441—513），字休文。南朝梁开国功臣，政治家、文学家、史学家。

鲍泉（？—551），字润岳。南朝梁诗人，博涉史传，兼有文笔，官之长史。

沈炯（503—561），字初明，一作礼明。南朝梁诗人。

萧纲（503—551），字世赞（一说世缵）。南北朝时期南梁第二位皇帝、梁武帝萧衍第三子。

徐陵（507—583），字孝穆。南朝著名诗人、文学家。

萧绎（508—555），字世诚。南朝梁第三位皇帝，梁武帝萧衍第七子。

庾信（513—581），字子山。南北朝时期文学家。

萧悫（561 年前后在世），字仁祖。北齐诗人。

王绩（约 589—644），字无功。初唐诗人。

李世民（598—649），唐朝第二位皇帝，政治家、战略家、军事家、诗人。

武则天（624—705），即武曌。唐朝至武周时期政治家，武周开国君主。

李白（701—762），字太白，号青莲居士，又号“谪仙人”。唐代伟大的浪漫主义诗人，被后人誉为“诗仙”，与杜甫并称为“李杜”。

杜甫（712—770），字子美，自号少陵野老。唐代伟大的现实主义诗人，与李白合称“李杜”。

张南史（794 年左右在世），字季直。唐朝诗人。

皇甫冉（约 717—约 771），字茂政。唐朝大臣，大历十才子之一。

权德舆（759—818），字载之。唐朝宰相、文学家

王建（765—830），字仲初。唐朝大臣、诗人。

令狐楚（766/768—837），字壳士，自号白云孺子。唐朝中期官员、文学家。

张籍（约 766—约 830），字文昌。唐代诗人。

白居易（772—846），字乐天，号香山居士，又号醉吟先生。唐代伟大的现实主义诗人，唐代三大诗人之一。

刘禹锡（772—842），字梦得。唐朝时期大臣、文学家、哲学家，有“诗豪”之称。

李绅（772—846），字公垂，唐朝宰相、诗人。

柳宗元（773—819），字子厚。唐宋八大家之一，唐代文学家、哲学家、散文家和思想家。世称“柳河东”“河东先生”。

魏扶（约785—850），字相之，唐初名相魏征四世孙，唐宣宗年间任宰相。

元稹（779—831），字微之，别字威明。唐朝大臣、文学家。

姚合（约779—约855），唐代著名诗人，宰相姚崇曾侄孙。

皎然（约720—约803），俗姓谢，字清昼，唐代著名诗僧，自说谢灵运的十世孙。

韩愈（768—824），字退之，自称“郡望昌黎”，世称“韩昌黎”。唐代中期官员，文学家、思想家、哲学家。

杜光庭（850—933），字圣宾，号东瀛子，唐末五代时期道士、道教学者。

王安石（1021—1086），字介甫，号半山。北宋著名思想家、政治家、文学家、改革家。

邵雍（1011—1077），字尧夫，谥康节，北宋著名哲学家、理学家、数学家、诗人。

苏轼（1037—1101），字子瞻、和仲，号铁冠道人、东坡居士，世称苏东坡、苏仙。北宋著名文学家、书法家、美食家、画家，历史治水名人。

黄庭坚（1045—1105），字鲁直，号清风阁。北宋著名文学家、书法家、江西诗派开山之祖。

秦观（1049—1100），字少游，一字太虚，号淮海居士。北宋婉约派词人，儒客大家。

饶节（1065—1129），字德操，一字次守，出家后法名如壁。宋代诗僧、江西诗派重要诗人。

辛弃疾（1140—1207），原字坦夫，后改字幼安，中年后别号稼轩。南宋官员、将领、文学家，豪放派词人。

朱淑真（约 1135—约 1180），一作朱淑贞，号幽栖居士。南宋著名女词人。

王实甫（1260—1336），名德信。元代著名杂剧作家，《西厢记》作者。

乔吉（约 1280—1345），字梦符，号笙鹤翁，又号惺惺道人。元代杂剧家。

施耐庵（1296—1370），名耳，又名肇瑞，彦端，字子安，号耐庵。《水浒传》作者。

朱权（1378—1448），明太祖朱元璋第十七子，明朝第一代宁王。

唐寅（1470—1524），字伯虎，号六如居士。明朝著名画家、书法家、诗人。

吴承恩（约 1500—1583），字汝忠，号射阳山人。明代文学家，《西游记》作者。

徐渭（1521—1593），初字文清，后改字文长。明代中期文学家、书画家、戏曲家、军事家。

冯梦龙（1574—1646），字犹龙。明代文学家、思想家、通俗小说家、戏曲家。

尤侗（1618—1704），字展成，一字同人。明末清初诗人、戏曲家。

万树（1630—1688），字红友，一字花农，号山翁。清初著名诗人、词学家、戏曲文学作家。

万斯同（1638—1702），字季野，号石园，清初著名史学家。

张潮（1650—约 1709），字山来，号心斋居士。清代文学家、小说家、批评家、刻书家，官至翰林院孔目。

吴绛雪（1650—1674），女，名宗爱。清代才女。

康熙（1654—1722），清圣祖，本名爱新觉罗·玄烨，清朝第四位、清军入关后第二位皇帝，年号“康熙”。

纳兰性德（1655—1685），叶赫那拉氏，字容若，号楞伽山人。清朝初年词人。

方登峄（1659—1725），字凫宗，号屏柘，安徽桐城人。康熙间官工部主事。

吴敬梓（1701—1754），字敏轩，号粒民，安徽全椒人，清代文学家，《儒林外史》作者。

曹雪芹（约 1715—约 1763），名霑，字梦阮。清代学者，《红楼梦》作者。

赵翼（1727—1814），字云崧（一作耘崧），号瓯北，别号三半老人。清中期史学家、诗人、文学家。

乾隆（1736—1796），清高宗，本名爱新觉罗·弘历。清朝第六位皇帝，清军入关之后的第四位皇帝，年号“乾隆”。

纪昀（1724—1805），字晓岚。官至礼部尚书、协办大学士，太子少保。曾任《四库全书》总纂官。著有《阅微草堂笔记》。

李汝珍（1763—1830），字松石，号松石道人。清代小说家、文学家，《镜花缘》作者。

黄伯权（生卒年不详），清末大诗人黄遵宪的侄子。

鲁迅（1881—1936），原名周樟寿，后改名周树人，字豫山，后改字豫才，浙江绍兴人。现代著名文学家。